SNOOP BABAREM

Pélagie HANOTTE

SNOOP BABAREM

roman

© 2021, Pélagie Hanotte

Édition : BoD – Books on Demand, 12/14 rond-point des Champs-Élysées, 75008 Paris
Impression : BoD – Books on Demand, Norderstedt, Allemagne
ISBN : 9782322181155

Dépôt légal : Mars 2021

À la folie des mères, *qui voudraient raccommoder le monde.*

« Vous savez quoi ? »
J'ai apostrophé, dès que les enfants ont descendu l'escalier. Obligé l'aguichage, sinon ils enchaînent sur leur routine hivernale : il y a plus rien à manger dans cette maison, et il y a plus rien à lire et j'ai plus de chaussettes. Maman, tu n'aurais pas brûlé une paire de chaussettes récemment ? Pour rugir de plaisir quand je fais fondre n'importe quoi dans la cheminée, il y a du monde. Pour déneiger la voiture quand il faut descendre en ville harponner des steaks ou des moufles, plus personne. L'avantage : je ne suis pas obligée de cacher les clefs de la voiture. Les boîtes auto, je ne pourrais pas. Toujours, perdre en contrôle ce que l'on gagne en confort.

Quoi, a dit complaisamment Mon Fils. La prunelle d'un de mes yeux. La prunelle de mon autre œil s'est approchée.

« L'éditeur auquel j'ai envoyé mon manuscrit vient de mourir… Pas mort de rire ou d'ennui en lisant, non. Noyé dans sa piscine. C'est le troisième, quand même ! »

La grande s'en léchait les babines. Elle voulait l'entendre encore : quoi ? C'est normal. La fascination pour la finitude, de ceux pour qui tout commence.

« Je viens de le lire : il est mort hier. Il a fait un malaise cardiaque dans sa piscine.

— C'était quoi déjà, les autres ?

— Le premier, sa voiture a fini dans un canal. Le deuxième, a priori, est tombé de son bateau, mais on ne peut pas être sûr, on ne l'a pas retrouvé. Peut-être qu'il s'est installé sur une île déserte, loin du monde. Mais les chances semblent minces, les îles désertes se font rares.

— Ah c'est trop bizarre. C'est dingue... C'est génial ! Tu as un manuscrit maudit !

— Génial. Personne ne lira jamais ce que j'ai écrit.

— On s'en fiche. Nous, on les a lus, tes poèmes.

— Oui, mais j'aimerais bien un livre publié. Une belle couverture, une collection pour lui tenir chaud. »

Lapin s'est interrogé : trois morts en neuf mois, est-ce que c'était significatif ? Statistiquement parlant ? Je n'étais pas sûre. Je n'avais pas pris de nouvelles de Cauchy et Schwartz depuis longtemps. Je ne me voyais pas les solliciter maintenant. La grande, qui est aussi la Grande Raisonneuse, a décidé d'analyser les choses avec quelque méthode : avais-je imprimé les manuscrits en utilisant une même ramette de papier ? Ne pouvait-on envisager, dès lors, la possibilité d'une ramette maudite ? Non. La même imprimante ? Non.

Le fils aimant a voulu me consoler : sans doute mes manuscrits étaient-ils prudemment rangés dans une poubelle, hors d'état de nuire, quand ces messieurs avaient eu leurs accidents respectifs. D'ailleurs, il paraissait douteux que les messieurs en question aient eu l'heur de lire ma production. La grande a vigoureusement hoché la tête, pour conclure que ces moindres désagréments ne justifiaient pas que je renonce à inonder le monde de mes écrits. La concorde dans la fratrie me fit chaud au cœur. Pour fêter ça, ils auront le droit de manger ce soir, tiens.

****

A trois heures et quarante-huit minutes ce matin-là, je me tenais devant ma petite maison blanche en haut de la falaise. La chaleur du soleil séchait mes os tandis qu'assise en tailleur sur le pas de ma porte, je contemplais le bleu du ciel et le bleu de la mer, le bleu de mon jean et le bleu de mes veines, cherchant vaguement les mots qui pourraient dessiner les affinités secrètes qu'entretenaient ces teintes, me rêvant à l'intérieur de mon rêve en peintre monomaniaque voire, psychopathique, puisque l'envie me venait de dégommer une raquette d'opuntia à ma portée d'un coup de talon, juste pour le plaisir sadique de bouleverser à jamais le destin de la colonie de cochenilles installée là. Mais à trois heures et quarante-neuf minutes mon arthrose m'a réveillée. Devant n'importe qui de moins de trente ans, je jurerais que c'est une vieille luxation de l'épaule qui me lance, c'est clair ? Soudain, comme je venais juste d'être jetée de mon chez-moi fantasmagorique, une fulgurance.

****

Faut pas me saouler, avant que le demi-litre de déca n'ait lentement réhydraté mon corps sensible en le préservant des palpitations cardiaques, amen. Par contre, si le besoin s'en fait sentir, moi, je peux parler.

Pendant le petit-déjeuner, j'ai testé l'effet de ma fulgurance sur mes enfants, mon auditoire captif du matin. Enfin, sur ma fille seulement, le cadet s'était isolé dans un visionnage quelconque sur sa tablette. Sans doute un gameplay à la morale édifiante : seuls les plus forts survivent, ne jamais approcher les lézards plus gros qu'une bicyclette, le lancer de couteau ça fait mal -il faut deux minutes pour récupérer des points de vie. Il est élevé n'importe comment, ce garçon. Si on me fait une remarque, je dirai que c'est pour une expérience.

Concernant l'éducation des enfants, c'est très simple : depuis qu'ils ont vu le jour, je me demande ce que ma mère aurait dit ou fait, dans telle ou telle situation, et je dis ou fais exactement le contraire. Je ne me souviens pas avoir eu une seule fois l'impression pendant mon enfance que ma mère m'aimait. Il m'a fallu du temps, trop de temps, pour comprendre après coup que mes choix passés, ceux qui ont conduit à ce que ma vie d'aujourd'hui ne ressemble pas à celle que j'espérais, je les ai faits à cause de ça. Non pas librement, mais à cause de la blessure de ce qu'elle m'avait dit ou pas ; bien sûr, pour moi maintenant c'est trop tard, mais enfin pour mes enfants, je devrais pouvoir leur éviter ça. Évidemment il faut un peu d'auto-discipline pour tenir ce cap, mais justement de l'auto-discipline, j'en ai à revendre, et puis je crois réussir sans trop de mal à sourire et faire la majorette malgré la situation, je reste donc assez confiante sur ma capacité à rompre le cycle. Même si c'est trop tard pour moi, ça fait mal bien sûr mais je peux encaisser, si je ne m'en révélais pas capable, ça voudrait dire, peut-être, qu'après tout je mérite d'en être là.

Donc, je lui expose l'idée.

« Je crois que j'ai trouvé un moyen de contourner la malédiction. Aux orties, les sonnets. J'écris du rap, en fait. Deux ou trois sons trouvés sur Internet et l'affaire est faite. Je crois même que je tiens mon nom d'artiste. Jeune fille, dis bonjour à… Dux Babar !

— Ah.

— Dux Babar est dans la place, ouais-ouais-ouais !

— Non, mais ça fait marque d'adoucissant, pas rappeur.

— Dux Babar, yo !

— … un baril de Soupline, avec une chaîne en or… Maman, il est nul, ce nom.

— Valeur sûre, au contraire ! Un nom qui finit par –ar, et un truc avant. MC Solaar, Joey Starr. Alors ?

— T'as dit que le meilleur, c'était Eminem.

— Je changerai mon nom en Snoop Babarem, quand l'Amérique m'appellera.

— OK ma petite maman. Mais finis vite ton café, sinon on va être en retard, Babar. »

J'ai cogité sur le chemin du bahut. Dux Barbare ? Non. Trop commun. Le barbare court les rues, de nos jours. De toute façon, à bien y réfléchir, ma fulgurance était juste une illumination stérile : depuis que j'ai repositionné ma production littéraire pour conquérir un marché plus porteur, le rap est hors scope.

Un marché plus porteur : avant je digérais, pétrissais, écrivais, tout ce que les petites voix de l'air du temps me soufflaient. Tout ce dont elles me vrillent le cerveau dès que je leur en donne l'occasion. Il y a du naïf, du désespéré, emballé dans des cornets à frites ou des lambeaux de placenta. Je dirais à présent, seuls quelques individus avec une rare mutation génétique, sont en mesure d'apprécier. Tu me copies, Spiderman ? Je ne crois pas. Donc, si je voulais profiter de ma gloire littéraire pour parcourir le monde à la recherche de ma petite maison, il fallait adresser un marché plus large. Donc, il fallait que j'écrive des poèmes d'amour. C.Q.F.D. L'amour, ça marche toujours, coco. En vrai, c'est un sujet d'endocrinologue, chiant comme la mort. Heureusement Lapin m'a aidée, en faisant des listes de mots que je devais intégrer à mes œuvres. Allez, maman : table, feuille, carte, manchons de poulet, bordel. C'est bon ? T'as trouvé ? Paille, burger, chiot, orange, zombie. Maintenant : taxi, bonsoir, herculéen, boxeur, dragon.

En quelques mois, le manuscrit s'était étoffé suffisamment pour que j'en sois satisfaite comme d'un plant de tomate bien grandi, avec sa bonne odeur de vert à vous coller les feuilles sous le nez. J'avais envoyé toutes ces salades à quelques âmes qui, je crois, ne se prose-tituaient pas. Trois maisons d'édition. L'une, même, d'envergure nationale. Hélas, depuis… cette épidémie d'eau dans les poumons… Y avait-il quelque chose de pourri au potager ? Ma fille, que j'aime infiniment, a lu tout ça : devrais-je lui interdire de prendre des douches ? Le plus vraisemblable… en dépit de mes précautions, bien que j'eusse tenté d'y mettre seulement le soleil et les lendemains qui chantent et la soie sombre de tes cheveux : je n'ai pas réussi.

Quelque pestilence s'est insinuée dans mes tomates bien calibrées, pardi ! Si j'avais, oh, si j'avais tout le temps, je jetterais le tout pour recommencer. Mais si ça tombe, le temps va me manquer. Il vaut mieux retrouver ce que j'ai laissé s'échapper, par inadvertance, que j'expurge. Ce sera difficile, ma mémoire n'est plus ce qu'elle était. Je crois me souvenir, notez les termes précautionneux, qu'en d'autres temps ma mémoire était meilleure. Disons qu'avec l'âge, j'ai développé ma capacité à l'oubli de façon phénoménale. Pour certains, le temps panse doucement les blessures. Dans mon cas, un mécanisme d'auto-défense efface en quelques secondes les traces des faiblesses passées. C'est formidable. Parfois, dans le processus, des choses auxquelles on tenait se perdent aussi. Mais comme il n'est plus possible de les concevoir distinctement, le mal n'est pas bien grand. Je vais devoir retrouver ce que j'ai laissé glisser dans les lignes. Un truc très vicieux, sûrement très moche. C'est pour ça que les sorcières comme moi n'écrivent habituellement pas, j'avais dû le savoir, avant. Ce truc moche coincé entre les lignes…

Qu'en feras-tu quand tu l'auras retrouvé ? Me chantent ma grand-mère, sa mère et toutes les autres fibres du tissu de mon cœur. Je l'enverrai rouler, d'un coup de pied magique, très loin à l'ouest.

****

Je me lève, la poussière blanche trace le chemin jusqu'au bord de la falaise, quand je parviens tout près du bord je peux apercevoir la première marche de l'escalier creusé dans le rocher, l'escalier descend jusqu'à la crique où je passe des heures à amasser des cailloux de toutes les formes, de toutes les couleurs, mes précieux. Parfois c'est la dépouille d'un oiseau qui attire mon regard, et bien sûr quelque os fabuleux fragment de ce qui fut un arbre, j'écarte les mouches de ces vestiges, en me demandant si je prendrai la peine de porter le bois flotté jusqu'à la maison, si ses formes organiques bousculeront ou pas l'équilibre minéral de l'endroit. En général je laisse la mer décider, la mer décide de toute façon : si tu es là demain je te prendrai. Je t'emmènerai là-haut, tu verras, à mille lieues à la ronde il n'y a pas d'endroit plus près du paradis. Je lui dis ça, je m'agenouille pour plonger mes mains aussi profondément que possible dans les cailloux plus petits qui lui font comme un lit humide. J'attrape du bout des doigts à l'aveugle l'un de ces petits trésors ronds et polis. Poli comme il est sans doute il faut que le sois aussi, alors je voudrais l'appeler par son nom, ce sera un nom composé parce qu'il est tout bigarré ce caillou, quartz, et ce zonage vert qu'est-ce que ça peut bien être ? Je cherche un peu mais j'ai oublié, le nom s'est envolé, peut-être effacé dans le même mouvement qu'un livre ou un bijou ou la couleur singulière d'un regard.

Cette fois je ne descends pas jusqu'à la crique, parce que de là où je suis je distingue la forme allongée, les jambes, la tête, les bras un peu bouffés, posée sur les deux autres formes presque identiques qui sont apparues avant elle. J'étais descendue, après que la première forme se soit échouée, ignorant stupidement les alarmes des mouettes qui lui picoraient les yeux. Dans mon empressement à remonter après ce triste spectacle, j'avais bien failli me rompre le coup sur la onzième marche, qui est plus étroite encore que les autres. Le troisième cadavre, là, il doit sentir un peu le chlore. C'est clair qu'ils ne vont pas partir tout seuls dans l'état où ils sont, il faut prendre des mesures dans les plus brefs délais, il faut que je me réveille, fait chier.

****

« Madame ! Maaaadaaaame ! »

Je connais beaucoup mieux les gens depuis que j'ai eu l'honneur, sans rire, d'enseigner à une partie de la jeunesse française.

« Je peux demander un mouchoir à Chloé ? »

C'est une classe de petits. Dix, onze ans. Les sixièmes. Mignons, parfois un peu relou, parce qu'ils sont petits. L'âge où tout est joué, je le connais maintenant. Treize ans. Petit con à treize ans, petit con tout le temps. Autant que vous soyez prévenus. Attention, ne pas confondre le petit con avec le chenapan, qu'on aime bien finalement.

« Dans l'autre classe, le prof il a dit qu'il ferait pas ce chapitre ».

C'est pour ça qu'il faut aborder les sujets délicats avant l'âge fatidique. Onze, douze ans : paf, la reproduction, paf, les extra-terrestres. Paf, les atomes, paf, le produit en croix. Si on suit le programme de l'Éduc Nat, le meilleur reste possible, mais le pire s'avère probable.

« Madame, c'est pas au programme de cette année. Mon frère il fait ça en quatrième.

— Vous n'aurez pas d'interro.

— Ah. »

Soulagement. Dans ces conditions, ils sont d'accord. Comme ils accordent de l'importance aux cases dans lesquelles on les range ! Les notes, les notes ! Et toutes les autres étiquettes qu'on leur colle : dyslexique, haut potentiel, hyperactif, dyscalculique… pourtant la plupart tiennent le coup, supportent ce fardeau comme un livre de plus dans le cartable. Chapeau, les mouflets. Mes collègues… chapeau aussi. Je pensais, ces profs, un ramassis de feignants, mais pas du tout ! Ils y croient, les hussards ! Dix à quinze pour cent d'aigris, dépassés, épuisés par le système. Mais les autres ! Et vas-y que je te cherche des démarches pédagogiques innovantes, que je te prépare des sorties et des expériences, et que je trouve qu'ils ont un bon fond, ces gosses… C'est pas faute d'en prendre plein la tronche, pourtant. Les parents d'abord, tapent autant qu'ils peuvent. Ceux qui laissent leur gosse aller en cours avec le même jogging sale pendant trois semaines. Ceux qui s'indignent parce que, non, leur chère tête blonde n'a pas pu graver « Fuck you » sur le bureau, vous avez mal vu ! Les parents qui hurlent parce qu'avec ce minable dix sur vingt, vous avez compromis le plan de carrière de leur ado… Avant de le voir, je n'aurais pas cru. Le pompon, quand même : l'administration. L'Éducation Nationale, une moitié de gens dans des bureaux qui inventent des moyens d'emmerder l'autre moitié qui va dans les classes. Prof, élève ou inspecteur, si tu vas dans l'arène, t'es d'accord pour prendre des coups. T'as cherché.

Aujourd'hui, la reproduction humaine, avec les petits sixièmes. Histoire de les réveiller, parce que le chapitre d'avant, ça dormait un peu. Je suppose qu'ils en savent plus que moi à leur âge. Mon côté naïf. Les garçons, surtout, qui rigolent en roulant des mécaniques, pas grand-chose à leur apprendre, je me dis. Les filles soupirent sur l'immaturité des garçons.
« Allez, puisque vous savez : prenez une feuille et notez, faites un schéma, comme si vous deviez expliquer à un cousin de votre âge ».
En parcourant les copies, c'est la consternation. Comme à chaque fois, je me demande ce dont ils peuvent discuter avec leurs parents, à la maison. Toujours pas trouvé la

réponse, ni après le cours sur les téléphones, ni après celui sur l'alimentation, ni après celui sur les panneaux solaires… Sur les quelques schémas qui nomment le sexe féminin, le même mot : « chatte ». Je râle.
« Mais quand même, c'est pas un gros mot, madame ? »

Une singularité de l'état de prof, parmi toutes les autres ; l'emploi du temps. Disparate. Avec des trous, des pauses de trente minutes ou trois heures... Sans compter le mercredi après-midi, relâche ! Loin du tunnel classique des travailleurs salariés, celui qui vous emmène du lundi au vendredi, doucement mais sûrement, comme un paquet sur un tapis roulant à bagages. C'est perturbant au départ, quand on a connu l'agenda du jeune cadre dynamique. On observe... comment font les autres ? Impossible de dégager une ligne dominante, l'anarchie totale. Certains rentabilisent chaque minute : que je cours au CDI rechercher la moitié d'une liste de livres, que je corrige des quarts de copies... Un autre en salle des profs lance la quatrième tournée de café de la journée, parce qu'en une heure de toute façon, on a le temps de rien. D'autres disparaissent simplement, une demi-heure, deux heures sans cours, c'est égal, ils se précipitent vers ailleurs. J'ai successivement pratiqué les trois approches. La troisième est incomparable. Enfin presque. Tout le monde le sait, les détectives amateurs, les écrivains, les aventuriers, ne pointent pas à l'usine. Ils sont souvent rentiers. Prof, c'est une alternative acceptable. Plus chiche, mais acceptable. Si l'on accepte de profiter de chaque créneau pour s'évader. Dans ces conditions l'aventure existe potentiellement à chaque coin de la rue. À onze heures lundi, j'assistai à la conférence du docteur W. sur l'intelligence artificielle.

J''observai le manège de deux individus suspects : se sentant repérés, ils renoncèrent à kidnapper le scientifique. Jeudi à l'heure du goûter, je feuilletais un quotidien, dans un square du centre-ville. Comme je renvoyais son ballon à un jeune garçon qui jouait là, nous entamâmes la conversation. C'était le fils du Shah : il m'invite à un safari photos chez lui. Vendredi matin, alors que je battais mon propre record d'endurance à la course, un gémissement dans les taillis attira mon attention. Faisant levier avec la coque de mon téléphone portable, je pus ouvrir le piège à loup, pour dégager la patte meurtrie d'un jeune lynx, dont les yeux humides exprimaient toute la reconnaissance qu'on peut attendre dans les relations inter-espèces.

Sinon, en ces heures grappillées je fréquente aussi les files d'attente des différentes administrations et services publics, qui jouent toujours puérilement à celui qui aura la plus longue. Je fais des courses ou expédie les corvées ménagères.

Cette année, mon emploi du temps se présente comme particulièrement aventureux. Un lundi maussade, journée quasiment continue, interrompue par le déjeuner à onze heures et demie. Les troisièmes qui reviennent digérer leur ration de frites dans mon cours à midi et demi. Mais le mardi ! Une petite heure de cours, pour débuter la journée, et puis s'en va ! En comptant sur un retour à la maison de ma propre progéniture à dix-sept heures trente, c'est plus de huit heures de folle liberté, de péripéties exaltantes.

Depuis quelque temps, il m'arrive de me faire porter pâle le mardi matin. La faute à la migraine. C'est vicieux, la migraine. Souffrir dans son corps, c'est une chose : la douleur dans le dos, le ventre, à force de concentration, on en fait une petite boule isolée, aucune chance que ça monte au cerveau, que ça empêche vraiment. Le corps est un rempart, il s'abîme parfois, ou il est abîmé par quelque chose, quelqu'un, on profite d'une trêve, on répare. Mais la migraine qui vous tape sournoisement au coin de l'œil, vous broie tout le visage avant de vous cogner le cerveau, ça empêche. J'ai développé quelques techniques, au tout début d'une crise, j'ai remarqué qu'en m'écrasant l'arête du nez, la douleur s'atténue quelques secondes. Essayez, c'est cadeau, vous m'en direz des nouvelles. Pas sûr que ça fonctionne avec tout le monde, attention. Vous me direz, cette méthode doit vous donner une apparence affreuse. En réalité, c'est parce que vous ne vous trouvez pas au cœur du cyclone, quand le besoin d'un répit se fera sentir, vous serez comme moi, vous n'en aurez rien à foutre de ressembler à un éléphant, trois secondes de soulagement, quelle aubaine.

Je réfléchis. Si mon manuscrit est maudit, je pourrais brûler ce que j'ai écrit, l'enfermer dans un tiroir. Après tout, littérairement disons, c'est assez moyen, je sais qu'il sent la persévérance plus que l'inspiration. Mais ça ne résout rien. Les mots qui ont été prononcés, ils ne vont pas rentrer dans ta bouche, alors les mots écrits, tu penses, l'encre s'est mariée au papier, ils ont trouvé leur substrat de prédilection, ces lascars, tu penses comme ils se marrent quand tu siffles « à la niche ! ». Tu tournes le dos, ça démarre direct, bras d'honneur, bruits incongrus, gloussements étouffés pour les plus timorés.

Les mots obsédés frénétiques, qui ne vont pas trouver mieux que de lécher l'oreille des promeneurs pour s'accrocher au premier cerveau qui passe. Et les vicieux. Je crois que je cherche un mot vicieux. Existerait-t-il un mot innocent, qui baladerait sans le savoir le fiel invisible ?

Je ne peux pas laisser faire, voyez-vous. Question d'empathie. La fraternité avec mes semblables. Le sentiment d'intérêts communs, plus cruciaux que la défense de ma quiétude familière. Plus jeune, je croyais que tous les talents ne se valaient pas. Qu'il était plus utile pour la communauté, de savoir pratiquer une arthroplastie que de savoir dribbler. N'importe quoi. Il m'a fallu un peu de temps pour saisir la vérité, les talents individuels n'ont qu'un intérêt très relatif. Si la temporalité humaine ne permet pas à l'individu d'exprimer pleinement ses capacités -c'est voulu. C'est justement pour te faire comprendre : l'espèce est plus importante que le bonhomme. L'intérêt de l'espèce passe au-dessus de tout. Du coup, la seule qualité qui surclasse les autres, c'est l'empathie. Comment arrivent-ils à cette conviction, les autres ? Accepter la finitude d'abord. Première marche. Des ailes arrachées à des mouches, un massacre de fourmis écrasées par la pulpe de petits doigts, pour y arriver. De ce qu'on m'en a dit, des esprits perdus par cette découverte : des chatons étranglés, le petit cousin martyrisé... Ceux-là, qu'en faire ? Deuxième marche : la vocation pour l'infini, où la mener ? Ces corps qui transportent, courent, nagent, parlent ; une facilité admirable à lier causes et effets ; c'est-à-dire, un visa pour naviguer dans l'espace, dans le temps ; puis encore, plus rares, pour certains seulement, le lévrier de marbre toujours docile, les mots persistant dans tes nuits. Tout ça, durer juste une poignée de printemps ? Alors, il ne reste plus que... soit cultiver la confiance enfantine, espérer l'ailleurs invisible, indicible, la raison qui ne se dévoile qu'à la fin... durant toute sa courte vie renoncer donc à l'étreindre... ou se mêler, se dissoudre dans le flux grouillant de tous les autres, qui s'offre là, maintenant, ailleurs et plus tard aussi, mais là et maintenant, tout le temps. N'aspirer qu'à le grandir par l'offrande de son sang, de sa chair, voici les synapses de mon cerveau si le cœur vous en dit. Buvez mon sang, multipliez... n'est-ce pas la seule réponse possible... Puis, ultime degré, l'évidence s'impose. Qu'importe à la fin si tel ou telle saute plus haut, calcule plus vite, il n'y a de talent plus désirable que de pouvoir se donner au courant de l'humanité, avoir reconnu, ici ou là, l'opportunité d'y consacrer, mes mains froides pour apaiser un front fiévreux, mon dos pour porter l'enfant fatigué, de ma bouche les histoires qu'on m'a contées, que je répète pour que d'autres les rendent meilleures.

Comme cette conviction m'a engloutie, pas question de laisser exister ces poèmes possiblement néfastes : je crains que ce poison que j'aurais fabriqué efface tout le bon que j'ai fait. Le bon, ce sont mes enfants, auxquels je m'efforce de donner le meilleur dont je suis capable, promis. Chérir les enfants, la chance pour chacun d'apporter sa pierre à l'édifice, évidemment ! Il y a des éclipses, des déchirures, le canevas n'est pas complet, allez. Mais ils sont assez forts pour trouver ailleurs matière à repriser les accrocs. Les charger du dédommagement de ma faute ? Non ! Je le vois bien, c'est à moi de rétablir l'équilibre. Il faut que je me creuse un peu la tête. Se secouer un peu. « Sois courage, maman », me disait ma fille avant de rejoindre sa classe, le matin, à l'époque où son cartable ne contenait que son goûter. « Sois courage ».

Je prends la pile de feuilles.

I know,
I know you're a wanderer,
Mais les arbres demandent un lit de terre,
Un sol du fer des fleurs,
Pour fabriquer les enfants,
Accostons un instant
Je reviendrai au voyage
Laisse-moi seulement
Devenir un rivage.

J'ai mis juste deux mots d'anglais. N'y voyez pas d'affinité particulière avec la langue. Si j'avais pu, j'aurais versifié en bassa ou en portugais. C'était juste dans l'espoir de faire chier les vieux cons, si jamais c'était publié. Il y a de la méchanceté, là ? C'est mal ? Suffisamment pour abîmer mes tomates ? Je lève mon stylo, prête à raturer. Et puis non. C'est juste une taquinerie. Ces deux mots, c'est mon Amérique à moi. Ma Californie. Du reste, l'ensemble n'est pas méchant. Je vais m'apitoyer sur mon sort : ça commence mal, je n'y arriverai pas.

Je me persuade que le chien veut sortir, malgré ses ronflements. On va faire un tour. L'après-midi grisonne déjà. J'ai beaucoup aimé les promenades de l'été, avant d'avoir vu suffisamment de saisons pour en saisir mieux la substance. Maintenant les promenades de juillet, les promenades d'août, m'ennuient. La lumière de l'été est toujours semblable, prévisible. Quelques modulations dans la lumière du soir, par la grâce des nuages si l'orage veut bien... Sinon, d'un été à l'autre, pareil. Dans quelques décennies, nous serons tous condamnés à vivre dans un éternel été, et nous périrons d'ennui avant que la canicule puisse nous achever. Heureusement, d'ici-là, persistent trois saisons pour nous offrir l'ébahissement, la découverte d'autres lignes dans le paysage, d'autres miroitements, puisque ces saisons-là sont plus généreuses, avec leur bouquet d'intempéries variées, la neige qui n'est pas tombée exactement comme l'hiver dernier et suggère des sculptures inédites, le printemps qui cultive des arcs-en-ciel ici ou là, aujourd'hui il laisse en jachère le vallon dans lequel l'arc-en-ciel s'élevait hier, et l'automne, une démonstration, tour à tour gris ou éclatant, vêtu puis dénudé, doux, glaçant. De toute façon, l'été, le chien se promène seul ; mais l'été, profusion de passants à agonir d'aboiements, à chaque détour de sentier l'herbe foulée qui fait un confortable couchage. Nul besoin d'un humain pour le motiver à la promenade. L'hiver il rechigne, les balades solitaires ne durent pas bien longtemps en tout cas. L'hiver donc, il faut promener le chien qui refuse de se promener seul. Le chien blanc se confond avec l'épaisse couche de neige sur les bas-côtés du chemin. Seulement vingt minutes de zigzags, le chien, avant de rentrer, avant la tombée de la nuit. Ici, quand la nuit tombe, on n'est plus chez nous. Toutes les bestioles de la forêt sortent, c'est leur moment, il faut les laisser tranquilles. Tu comprends, le chien, faudrait pas qu'on se retrouve nez à nez avec un blaireau agressif. Le chien penche la tête en me regardant, pendant que je me marre.

Ce soir, ce sont les enfants qui me promènent.
« Il y a de nouvelles guirlandes !
— Ah oui. C'est nouveau. Elles n'étaient pas là l'année dernière. »
Tous les trois le nez en l'air. Regarder la rangée d'étoiles entre deux réverbères.
« Ils devraient les laisser toute l'année, c'est tellement joli.
— Mais ça consomme beaucoup d'électricité.
— On peut faire des économies ailleurs. On éteint les feux rouges, tiens. De toute façon, y'a pas de voiture, y'a personne. »
C'est qu'il est déjà dix-neuf heures. Nous demeurons une poignée de piétons sur la placette. Une poignée de piécettes dans les poches. Le village de Noël fait pitié. Trois chalets en bois blanc. Le premier propose, vin chaud, chocolat

chaud, marrons. À côté, bijoux artisanaux. Le dernier, vin chaud, chocolat chaud, crêpes. J'hésite entre vin chaud et vin chaud.

« Non mais maman, regarde ces crêpes ! Je parie qu'elles sont pleines d'huile de palme ! »

Le vendeur me regarde d'un sale œil.

« J'hallucine, le prix des marrons, c'est du vol. »

Du coup, l'autre vendeur aussi, maintenant.

Il reste la possibilité de mâchouiller des boucles d'oreilles en caoutchouc naturel tressé. Je passe. Je me le ferai à la maison, ce vin chaud. Comme on passe devant l'affichage municipal, la grande s'arrête net.

« Regarde ! Vas-y ! Tu lui demanderas ce qu'il pense de tes poèmes ! »

Sur l'affiche, le bon sourire d'une gloire locale. Un poète, un vrai puisqu'il vend des livres, lui. « Autrefois dans les Alpages ». « Souvenirs de la Mère Bramoz ». D'ailleurs, il dédicacera à la bibliothèque du village ce samedi. Je grimace.

« Il doit être très sollicité.
— Il a une bonne tête.
— Et alors ?
— Alors, il a une tête à t'écouter.
— Mais qu'est-ce que tu veux que je lui dise ?
— Je sais pas, tu verras, tu lui montres tes trucs et puis voilà. C'est quoi ce genre de ne pas vouloir parler ? Il va falloir que tu parles si tu veux retrouver un vrai boulot. D'ailleurs, tu leur parles pas aux gamins, au bahut ? »

Non, en classe je ne parle pas, je fais du pestacle.

On a vite fait le tour du village, il fait froid quand même, et puis c'est pas grand, ici.

C'est ce qui me manque le plus, marcher la nuit dans la ville. Une vraie, grande, grise ville. Le temps passe autrement. Regarde comme elle se révèle adéquatement tournée, la fourmilière humaine. Comme elle devient réconfortante. La bonne odeur du lilas, des joints des lascars, sous le pont de la gare. Quand le bitume chaud, mouillé, dégage une odeur délicieuse, entêtante, et sale : à se pâmer. Et ces choses abandonnées sur les trottoirs, devant les pavillons, dans les contre-allées des cités, qui racontent des histoires. Des boîtes métalliques vidées de leur pellicule, abandonnées, empilées… On a brûlé les films. Un frigo américain : trop encombrant pour le studio. Un sac de femme, luxueux. Lacéré. Une rage de ciseaux jaloux. Une trottinette décorée de stickers, d'un aguichant post-it « Servez-vous ». Il a grandi, le petit. Des monceaux de morceaux. De la rue regarder furtivement aux fenêtres l'intérieur de particuliers inconnus, éclairé par le halo bleu d'un écran, le jaune flou des bougies… Regarder l'intérieur de particuliers ! Ah, ça, quand même ! Certains font des études, et longues encore, pour y parvenir ! Une spécialisation !

La nuit, chaque bruit résonne : les pas, un rire. Le jappement d'un chien, on le chasse de son panier pour la dernière sortie de la journée. J'entends à vingt mètres les grattements de pattes d'un mignon petit rat. Je sens le tressaillement inquiet de cette dame bien mise qui se presse de rentrer au logis. Je vois précisément ce couple, le frôlement de mains. Je vous bénis, je vous prédis un avenir exempt de sac lacéré, pleins de mots aguichants sur des post-it… dans le frigo, ou sur le panier du chien, ou le contraire, peu importe. La nuit dans la ville, je porte une cape coquette qui me rend invisible et mystérieuse. Des bottines coquées, comme à seize ans. Je lance au petit bonheur des sorts d'allégresse, je fais des grimaces terribles pour effrayer d'inoffensifs ivrognes. Je suis l'ombre solitaire qui parcourt la ville la nuit. JE SUIS UNE SUPER HEROÏNE.

La bibliothèque exigüe apparaît saturée de monde. Il y a le poète, gentiment installé derrière un bureau, en face de celui de la bibliothécaire. Ce premier bureau est en fait le retour du deuxième, qu'on a désolidarisé et déplacé pour l'occasion. Il n'est guère plus grand qu'un bureau d'écolier. Le poète y a posé une sacoche, une pile d'exemplaires de son dernier ouvrage, une bouteille d'eau, un gobelet de café, si bien qu'il lui reste à peine l'espace nécessaire pour ouvrir le livre qu'il dédicace. Il n'en a pas l'air gêné : on voit qu'il a l'habitude de se contenter de peu.
On était assez loin de l'image du poète romantique, chemise ouverte, la crinière au vent auréolant le visage ténébreux. Je ne doutais pas qu'il eût porté l'écharpe et l'air grave, si cela avait quelque peu servi le succès de son œuvre, mais ce n'était pas le cas. Trop daté, peut-être, trop caricatural. Je me demande si moi, je devrais faire des efforts particuliers, pour ressembler à un ménestrel de l'amour, rapport aux attentes de mon lectorat cible. Je me demande si cela demanderait beaucoup d'efforts. Des rubans dans les cheveux ? Une jupe froufroutante? Des voiles, plein de voiles, pour le mystère, la sen-su-a-li-té. Du rose. Ah non, ça c'est la couleur des romans-photos. Concernant l'apologiste du yodle, la chevelure blanche était coupée ras, le pantalon, de velours côtelé, une doudoune super mince soigneusement pliée à côté du bureau, posée sur un sac à dos. Un petit homme rondelet,

soixante-cinq ans peut-être. Le regard pétillant au milieu d'un visage banal. Rien dans l'allure qui puisse évoquer une sensibilité particulière, une connexion mystique avec d'autres plans de la réalité où *les lits sont des radeaux les routes des voyages les hommes des paladins, et les femmes des autres, des soleils lointains, familières, superflues, inaccessibles, brillantes comme le sont les étoiles.*
Debout à côté de lui, la bibliothécaire prend alternativement des airs de madone extatique et de cerbère. Elle tapote alternativement ses cheveux et la pile de bouquins, j'en ai des hauts le cœur. Deux enfants sont venus emprunter des bandes dessinées. Ils ont à peine jeté un œil aux adultes. Devant le bureau, une dame, chaussée de mocassins bleus. Un monsieur âgé avec un chariot à provisions. Moi, derrière le monsieur au chariot.

« J'adore vos poèmes ! » s'enflamme la dame. « D'ailleurs, je suis venue de *****, juste pour vous voir ! Pourtant conduire avec cette neige ! » Diable. C'est au moins à trois kilomètres, il est vrai. « J'aime beaucoup ce que vous écrivez, ça fait oublier tout ce stress de la vie moderne…. » Ah ! Je frémis, la suite me semble prévisible. « Lire vos poèmes, c'est une détente, en quelque sorte… » De mieux en mieux ! « Comme on dit, ça devrait être remboursé par la Sécu ! » Ah ! Je le sentais venir ! « Celui-là, c'est mon livre de chevet… si je vous disais que je lis quelques vers avant de m'endormir… » Non ! Non, ne le dites pas ! Mais que doit-il ressentir, le poète, en entendant cela ! Lui qui a ciselé chaque phrase, réfléchi à chaque émotion que susciteraient un mot, une pause… Ses poèmes, une tisane ! J'ai presque de la compassion pour l'homme derrière le petit bureau. Mais il sourit, hoche la tête,

remercie. Pas du tout offusqué. Un philosophe, ce poète. La dame est partie, ravie. Le vieux monsieur discute avec le poète. Ils parlent à voix basse. Puis le monsieur dit « À bientôt, Georges ».
C'est mon tour. Je souris.

J'ai acheté « Autrefois dans les Alpages ». Je le tiens devant moi, ostensiblement, là, regarde, Ausweis ! J'ai aussi une pochette contenant mon manuscrit. Je suis un cliché vivant. Il m'a vue venir, le pépère. Il plisse des yeux foncés, brillants : des châtaignes. Je commence par demander une dédicace, pour ma fille, après tout c'est son idée. Même, je la bassinerai pour qu'elle lise le recueil, tiens : ça, après Baudelaire ou Forneret, ça lui apprendra la vie, sans blague.
Je me lance, évitant les regards goguenards de la bibliothécaire. Moi aussi, j'écris. Oh, pas grand-chose, allez, rien de comparable à ce qu'il fait lui… mais j'apprécierais tellement ses conseils… Il regarde autour de lui, histoire de juger si l'excuse -trop de monde qui patiente, madame, j'en suis désolé-, est possible, mais comme je suis seule devant le bureau, cela semble compliqué. Du coup…
Il ne peut pas prendre mon manuscrit, ni même jeter un coup d'œil, évidemment, pensez, si je l'accusais de plagiat pour son prochain recueil ! Je savais que c'était une mauvaise idée. Je voudrais être ailleurs, mais c'est trop tard, mon interlocuteur a démarré la machine à bullshit.
Travail… persévérance… surtout, penser à ses lecteurs, toujours, c'est pour eux qu'on écrit. Il faut leur offrir ce qu'ils attendent, fusse de la tisane. Je demande, je n'oublie pas de recentrer un tant soit peu le sujet, quelque chose à glaner peut-être : et l'amour, alors ? Qu'en pensait-il, le

poète ? Oui, oui, beau sujet, enfin, tout vaut, tant qu'on écrit avec le cœur, n'est-ce pas.
Je l'ai remercié. J'étais pressée de partir. J'ai failli oublier mon exemplaire d'Autrefois dans les Alpages. Il a sans doute cru à un dédain, une jalousie. Comme c'est gênant ! C'était bien la peine de sourire, pour partir en laissant une impression pareille.

Ma fille interrompt sa lecture à mon retour. C'est exceptionnel, d'habitude, quiconque tente de la distraire avec un claquement de porte lorsqu'elle a le nez plongé dans un livre se voit offrir une leçon incroyable d'humilité. Quand ta journée de boulot est en concurrence directe avec l'évasion du Château d'If, il y a intérêt à mettre le ton si tu veux qu'on t'écoute raconter, mais là, non, c'est elle qui interroge :
« Tu as fait des courses ?
— Non, je suis allée à la bibliothèque, pour voir le poète. Ton idée, tu te souviens ?
— Oui, alors ?
— Alors, rien. J'ai une dédicace pour toi. Tiens. Tu vas le lire ?
— On verra, merci. J'ai plein d'autres trucs à lire avant. Mais pour ton manuscrit ?
— Il n'a pas voulu regarder, encore moins le prendre.
— Pourquoi ?
— Un problème de droits, c'est compliqué.
— Comment ça ? »
Il y a belle lurette qu'on n'arrête plus mes enfants avec un « c'est compliqué ». En fait, je ne suis pas sûre que ça ait jamais fonctionné. C'est bien.

« Il ne veut pas prendre le risque que je l'accuse de l'avoir copié.

— Mais tu n'écrirais jamais ses histoires de Mère Michu, toi !

— Je ne te le fais pas dire.

— Un poète qui ne veut pas lire, c'est fort quand même. Tu lui as parlé de la malédiction ?

— C'était pas l'ambiance...

— Mais il t'a dit quoi, exactement ?

— Bof, des lieux communs, je dirais... qu'il fallait persévérer...

— ... ça je te l'avais dit, l'art ne doit pas s'arrêter à un ou deux cadavres. Show must go on.

— On ne fait pas d'omelette sans casser des œufs. Après la pluie le beau temps.

— Et à part ça ? Qu'est-ce qu'il a dit ?

— Qu'il fallait écrire ce que les gens attendent.

— N'importe quoi. Il faut écrire ce dont ils ont besoin.

— ... et que le plus important, c'était d'écrire avec le cœur.

— C'est à dire ?

— Je ne sais pas trop, j'écris surtout avec les mains.

— Il faudrait creuser. Surtout avec des poèmes sur l'amour. Tu lui as dit, que c'était des poèmes d'amour ?

— Oui, il a dit que c'était un beau sujet.

— Ah. »

Elle replonge dans son livre.

Écrire avec le cœur. Creuser. Écrire avec envie, peut-être ? Avec amour ? Alors, là, oui. J'aime tout, tout me plaît. La petite idée qui se pose dans un coin de la tête, je la chéris. Chercher avec application et patience le mot qui fuit timidement, j'aime. La griserie de la phrase qui te saisit, s'impose, une joie. Raturer, reprendre, c'est bon, c'est encore écrire. La satisfaction de la phrase enfin équilibrée, ou bancale, mais bancale comme il faut ! Y'a pas de défaut d'amour quand j'écris… Même, je me regarde écrire, pour davantage de plaisir. Et remarque, le doublé : l'amour, c'est même le sujet de ces fragments-là, ceux que j'ai ambitionné de partager avec des lecteurs. J'ai écrit sur l'amour, ce n'est pas un sujet très complexe. Pour peu que l'on s'efforce d'en saisir la moelle universelle - aimer puis détester, tomber, se briser le cœur, on arrive à un fil ténu, déjà distendu, aminci à l'extrême par tous les crooners du monde. Enrouler le fil sur lui-même, tordre puis détordre. Je connais, aussi bien que tout le monde. Alors, quoi ? Un amour sans réciprocité qui aurait gangrené mes mots doux ? Non. L'amour, c'est surtout difficile à recevoir. Quand on n'a pas appris petit... Il faudrait prévenir les parents... qu'ils éduquent... d'abord, ne pas croire qu'on sait quoi en faire, comme ça, de façon innée ! À mon âge, j'ai toujours cette crispation, cet élan de fuite, une vague exaspération… À certains moments, quand on se dit, la pièce est jouée... vite, décampons... enfin, maintenant, ces péripéties se font plus rares. Attention, ça n'empêche pas d'aimer. C'est un peu plus compliqué. Il faut de la délicatesse. Essayer d'être prudent, sourire pour rassurer, se rassurer. Accepter ce que l'on vous offre, à la valeur que l'autre lui prête. Parfois, accepter le trivial comme un cadeau royal, ou la démesure sans embarras. Après: l'exultation. Là, rien de mal. C'est la rupture alors, qui pose problème. J'ai écrit sur ce que je n'ai pas connu, voilà ma faute ! Parce qu'en vérité, je n'ai jamais souffert d'être abandonnée par l'objet de mon affection. Non, jamais personne ne m'a brisé le cœur. On me l'a émietté. À petits coups de talon. Mon dieu, mon dieu, je vais mourir sans savoir si j'aurais pu être aimée. Comme j'écrivais, toute pliée-pelotonnée devant la cheminée, les minuscules miettes de mon cœur sont tombées et se sont mélangées à l'encre, des insectes noirs disséminés dans le texte. Il faut se tenir bien droit quand on écrit.

Ce soir, sur le canapé, je suis au milieu, mon fils à ma droite, la grande à ma gauche. Toute une savante construction de plaids, de coussins, interdiction de bouger sous peine de mettre en péril le confort de l'autre, ça se joue à un glissement de coude, une tête appuyée trop lourdement- protestations en cascade. Enfin, protestations de leur part. Moi, malgré la complexité du dispositif, je suis toujours prête au sacrifice d'un bras ankylosé ou au chatouillement agaçant d'une mèche de cheveux dans le cou, d'abord parce que c'est ce que font les mères, supporter les désagréments s'il s'agit de contenter les enfants, ensuite, parce je vois dans cette proximité l'estampille d'un élan primitif qui nous rapproche de notre essence animale, et comme j'ai passé des siècles sans mentir à me couler dans des codes, des concepts, policée, policée, je ne suis pas contre un hurlement ou un grognement de ma meute, de temps en temps. Ce soir, je ménage particulièrement Lapin, qui s'est écorché le coude pendant la récréation. Ça picote. Il ne courait pas quand il est tombé, vu qu'il n'a absolument plus l'âge de courir. Maintenant, pendant la récré, il se pose juste avec ses potes pour discuter oklm. L'origine de la chute restera donc un mystère. J'embrasse une portion de chair potelée au-dessus du pansement.
« Bisou magique. Ça va aller mieux mon chéri.

— N'importe quoi, ça marche pas, j'ai plus six ans... Bisou magique !

— Bien sûr que ça marche. Rien avoir avec l'âge du patient. Je dis magique, mais c'est un abus de langage. Je devrais plutôt dire, bisou formidable.

— Et comment ça marcherait ? Scientifiquement parlant ?

— Euh... Je ne me souviens plus très bien. Je crois qu'il y a un rapport avec la stimulation du système immunitaire...

— Je ne me souviens plus très bien ? T'es fatiguée, toi. »

On regarde le journal télévisé. Enfin, j'essaie de regarder le journal télévisé, parce que regarder un écran avec ma fille équivaut à tenter de téléphoner dans un tunnel. Tout sujet est prétexte à débat ou digression, pour lesquels elle interrompt journalistes, présentateurs, grâce à la télécommande et sa touche préférée, la touche pause. Regarde sa tête, la bouche ouverte, les yeux mi-clos, c'était bien la peine de soigner son brushing, pour se retrouver avec une tête pareille. Seule la présentatrice météo échappe à cette modération impérieuse du temps de parole, puisque la grande trouve la demoiselle sympathique autant qu'élégante. Parfois, avec mon assentiment, le fils confisque la télécommande à sa sœur aînée, lorsque nous nous apprêtons à profiter de quelque contenu télévisuel qui souffrirait trop d'interruptions intempestives. Une politique qui s'est mise en place très vite. Il a suffi que Citizen Z soit stoppé net dans sa course, une fois, alors que les zombies grimaçaient dans son dos -« c'est qui lui déjà ? »-pour que Lapin décrète que trop de disruptif nuit. Par contre, pour le journal télé, elle a le droit. Un reportage anodin sur le paracétamol a ouvert les vannes.

« Finalement, je ne suis pas sûre que demander l'avis d'un poète était une bonne idée.
— Évidemment non, intervient obligeamment son petit frère.
— Le problème n'est pas ce que tu écris... je veux dire, on s'en fiche qu'ils soient bons ou mauvais, tes poèmes... Le truc important, c'est qu'ils soient mortels ! Du coup, je me suis dit que tu devrais plutôt demander l'avis d'un médecin.
— N'importe quoi. Pas besoin de médecin. Quand tu essaies de respirer de l'eau, ça ne marche pas. Qu'est-ce que tu veux qu'il lui dise, le médecin ?
— Ok, ok... Un prêtre, alors ?
— Pas mal. Je le dis depuis le début, qu'il faut l'exorciser, ce manuscrit.
— Et si... et si l'on pouvait en faire quelque chose quand même ? Imaginons qu'il ne s'agisse pas de noyer les gens, juste de les précipiter dans l'eau ? S'ils s'en trouvent qui ne savent pas nager, malheureusement...
— Oh là là... ce serait super... on met fin à la soif dans le monde !
— Il y a quelque chose à essayer, là, maman !
— Ah oui ! Envoie ton manuscrit au Sahel !»

Je dois donc essayer de trouver une maison d'édition francophone, dans un pays qui manque d'eau. Je me demande si ça marcherait pour faire tomber la neige.

On ne va pas rester les deux pieds dans le même sabot. Imaginons un instant que les enfants aient raison. Que la noyade ne soit pas le sort inéluctable des malheureux qui ont lu mes vers. Après tout, mes petits, eux... ils sont en pleine forme. Dans ce cas, les choses ne seraient pas aussi sombres qu'il y paraît. Je dois comprendre, allez.
L'échantillon n'était pas représentatif. Trop peu d'individus sur lesquels j'ai répandu mes rimes. Il faut caractériser tout ça avec plus de rigueur. Plus de nombre. Plus de monde. Une campagne de tests semble inévitable. Mais trouver des candidats ? Sachant les risques encourus, comment les choisir ? Faut-il les prévenir ? Aurai-je des volontaires ? Pour la science, messieurs-dames. Pour l'art, messieurs-dames. Dans ce cas, la représentativité... une collection de fiers-à-bras, des bravaches, des sceptiques... Si je lançais un ballon d'essai sur Le Grand Réseau Mondial ? Quelques vers postés en commentaire, sur la dernière publication webesque d'une starlette à gros seins. Mais alors, plus moyen de circonscrire l'épidémie, si épidémie il y a... Puis je pense aux cobayes humains des laboratoires... représentatifs et volontaires. Rémunérés... Bien sûr ! Ils

existent, ces courageux prêts à subir mes écrits ! Pas besoin d'argent ! En échange, je supporte les leurs ! Un atelier d'écriture. Amateurs de tous les quartiers, unissons-nous. En y réfléchissant bien, les ateliers d'écriture pullulent. Il y a un atelier d'écriture au lycée. Un groupe créatif : deux profs de lettres, six élèves environ. Il y en a un aussi, d'atelier d'écriture, au centre d'action sociale. Là, il est question de tourner correctement sa petite bafouille aux impôts, à l'office HLM... je pense que je peux m'immiscer. Et Pôle Emploi ! Pôle Emploi ! Des années que je les vilipende, ces incapables ! Pas méchants, pas tous... mais inefficaces ! Tous ! Dire qu'ils ont à leur porte toute une charge de misère humaine... Ce qu'ils en font ? Rien ! Surtout, ne pas ouvrir la porte ! Quand ils s'engagent, on leur dit : mets un cadenas ! Un conseil, conseiller : ne sors pas de ton bureau ! Fermé le mardi après-midi ! Fermé le jeudi après-midi ! Et le vendredi ! Quand il faut les voir, les pauvres, leur parler, aux demandeurs d'emplois, on demande aux sociétés privées. On les paye, ces sociétés, très cher, forcément : la tranquillité n'a pas de prix. Et puis, c'est l'État qui paye, on ne va pas se gêner. J'ai compris, maintenant, à quoi peut me servir Pôle Emploi. Eux aussi proposent des ateliers d'écriture. Lettre de motivation et CV. C'est le quart de leur activité. Le reste se partageant donc entre fermeture de portes, transfert d'argent public vers des sociétés privées, et à la marge, flicage du chômeur. Comme avec délectation je vais m'inscrire à l'atelier CV pour partager mes œuvres. S'ils me radient, je m'en fous : j'enchaîne les CDD depuis si longtemps, ils ne me donnent plus de sous, ils n'ont toujours pas compris que je n'étais pas réparatrice en électroménager.
Expérience numéro un. Au lycée.

Toi retenu par une corde ténue
moi rien ne me retient
que toi
(peut-être je tomberai pas)
Mes lèvres collées à tes doigts
Si le lien se délite
sous le poids de nos corps
me laisse pas encore
Nos ailes pousseront vite
En bas le précipice
Garde-moi des abysses.

Juste un instant de silence, puis les applaudissements mesurés. Pas de gloire à en tirer, on applaudit chacun. On encourage l'effort plus que l'on ne félicite du résultat. Ça me va. Certains sont capables du meilleur, du quasi-génial, quand on les soutient, ne serait-ce que par quelques paroles choisies. Pour peu que l'appui s'évanouisse, ces talentueux s'écroulent. Une faiblesse curieuse, quasiment fascinante. Sans doute un mécanisme subtil du grand plan, l'occasion pour tous de contribuer à la bonne marche de l'ensemble. Après la lecture, on discute vaguement. La petite dame sérieuse qui commence à parler, c'est une prof de lettres. Une passionnée. Les adolescents qui sont là, ils viennent grâce à elle. Ils cherchent quelque chose à dire. Je ne peux pas leur avouer que ce n'est pas la peine de se donner trop de mal. Je préfèrerais plutôt savoir s'ils ont le cœur qui bat plus vite. Ressentent les premiers signes de l'hypoxie. Ou juste une sensation d'humidité ?

Tout cela se passe au mieux. Souvent les gens adorent donner leur avis. Un moyen de se sentir exceptionnel. Précieux, au minimum. Souvent c'est un souvenir, la plupart, dans leur jeunesse, se sont crus appelés à un grand destin. Je crois que les quelques autres, ils devaient juste être occupés à survivre, sinon ils auraient éprouvé le même sentiment. Au centre d'action sociale, on a bien rigolé. Pas au début. Un écrivain public, la cinquantaine, on attendait qu'il vous appelle. Mince. Il n'est pas question que je prenne la place de quelqu'un qui en a davantage besoin que moi. Mais quelle idée saugrenue ils ont eue, d'appeler ça un atelier d'écriture. C'est ambigu. Trompeur, même.
C'est mon expérience numéro deux.
« Excusez-moi... je pensais que le monsieur pourrait me conseiller, mais je ne crois pas que ce soit la bonne personne, en fait...

— Ah je sais pas, je sais pas... il est très bien le monsieur...

— J'écris des poèmes, vous voulez me dire ce que vous en pensez ?

— Ah je sais pas... je connais pas les poèmes... »

Je me lance. Elle est morte de rire... Non, elle n'est pas morte ! Quelle marrade ! Le bambin pendu à ses jupes m'écoute aussi. De temps en temps, il pousse un petit cri pour ponctuer ma récitation. Rires redoublés. Il m'a l'air plein de santé, ce petit.

« C'est bien, il faut écrire des chansons.

— J'y pense, figurez-vous. Mais je ne connais pas les notes.

— C'est pas grave, ça, c'est toi qui fais la musique, tu l'as dans la tête, pas la peine d'écrire les notes.

— Vous avez raison.

— Les autres écoutent, puis ils refont, ils écoutent encore, à la fin, c'est bon ! C'est comme ça que j'ai appris le français. Pas de livre. »

Pas besoin de livre. Je prends la route, je parcours le monde en récitant des vers : au détour d'un chemin, par une belle journée, je découvre ma petite maison sur la falaise, libre de toute occupation, vraiment, prête à m'héberger pour ce qu'il me reste de temps à vivre.

L'écrivain public appelle la dame. Elle me dit au revoir et bonne chance. Il va l'aider à rédiger un courrier pour les allocations. J'atterris sur le tarmac rugueux des nécessités alimentaires.

J'ai moins rigolé avec Pôle Emploi. Mon expérience numéro trois. D'abord il a fallu demander un rendez-vous à ma conseillère. L'occasion de faire connaissance avec cette feignasse. Mon dossier est sur sa pile depuis deux ans seulement. Admettons que mon profil n'est pas très attrayant. Vieille : quasiment impossible à recaser. Diplômée : c'est donc que j'y mets de la mauvaise volonté. Bouche-trou à l'Éduc Nat : t'es pas à la rue, on ne va pas pleurer non plus. Soit. Je comprends. Mais, question de vie ou de mort, sinon je ne les aurais pas dérangés, tu penses. Je prends rendez-vous. Le jour J, message téléphonique : conseillère absente. Du coup, rendez-vous reporté à demain, même heure. On me prévient par un message téléphonique, au cas où je ne recevrais pas d'ici ce soir le courrier de convocation qui partira après-demain. Finement joué. Las, demain, pas possible. Je suis une chômeuse qui travaille parfois. J'appelle le numéro à quatre chiffres qui doit me permettre de contacter Pôle Emploi. Parce que, eux, ils ont mon numéro perso, mais moi, pas moyen de contacter directement mon agence. Déséquilibre manifeste. Cette relation était vouée à l'échec. La dame du numéro à quatre chiffres, qui sait tout de moi grâce à la fiche sur son écran d'ordinateur, me dit gentiment qu'elle va informer ma conseillère de mon indisponibilité. Mais je vais devoir solliciter un nouveau rendez-vous, parce que, elle-même, la dame au téléphone, ne peut pas en fixer un autre. Les nouvelles ne tardent pas, avant même que je ne sollicite ce nouveau rendez-vous, premier avis avant radiation. Je me suis soustraite à une convocation. Je leur demanderai bien de me rembourser l'appel téléphonique vers le numéro à quatre chiffres. Réclamation... courrier... patientons... tout est réglé... re-demande de rendez-vous... question de vie ou de mort, je me dis, pour me motiver... mais imagine... si c'était une question de vie ou de mort, parce que pas de boulot du tout, et que ça me tue à petit feu, d'avoir rien que des nouilles ou du pain à faire manger aux mouflets ? Ben ce serait pareil.

Pourtant, le monde est plein de gens compétents. Partout, même dans la plus stérile de nos administrations. Parfois, quelqu'un n'est juste pas à la bonne place. Personne ne lui a dit, à ce quelqu'un, « Mickaël -ou Édouard ou Carine-, laisse ça, c'est machin qui va s'en occuper : je veux que tu prennes le lead -maintenant- sur l'audit machines à café ». Ce quelqu'un, qui n'est pas à la bonne place, à lui seul, il peut faire basculer les foules. Peu importe la place qu'il occupe, d'ailleurs. Pour certains, ce qui compte, c'est la base de la pyramide. Si les fourmis rament de toutes leurs forces, font ce qu'elles ont à faire, pas de naufrage à redouter. L'autre point de vue ? Le salut vient d'en haut. Le mythe du chef charismatique. Aussi, par délégation, les meilleurs éléments dans son sillage– par imposition des mains, aptes à transformer le tas de citrouilles en bolides. En réalité, le plus important dans la pyramide, ce sont les côtés. Les pentes qu'on grimpe ou qu'on dégringole. Les côtés, beaucoup de monde : beaucoup de risques de dégringolade. Je dois m'en rappeler quand je lui parle, à la conseillère.

« Écoutez, il n'y a pas d'atelier CV prévu avant avril, en tout cas pas organisé chez nous…

— C'est dommage, j'ai de la disponibilité, avec les vacances scolaires. Je suis en recherche d'emploi depuis un certain temps, je crois vraiment qu'il faut que je fasse évoluer ma démarche de candidature. Et mon CV, vous comprenez, c'est compliqué de présenter une cohérence dans mon parcours professionnel avec mes dernières expériences très diverses.

— Je comprends. Mais comme je vous le disais, pas avant avril…

— Les ateliers organisés la semaine prochaine sont complets ?

— Oui, enfin je ne pourrais pas vous inscrire avec des échéances aussi courtes, de toute façon…

— Il y a peut-être une formation plus globale, qui comprendrait un module rédaction de CV…

— Non, rien qui convienne.

— C'est étrange, cela fait plus de deux ans que je suis inscrite, et à part l'entretien d'inscription, rien.

— Je vous demande pardon ?

— Quand je pense que nous n'avions même pas eu l'occasion de nous rencontrer ! J'ai une connaissance, à Lyon, qui travaillait dans le même secteur que moi. Elle a des ateliers organisés toutes les trois semaines en moyenne, rédaction de CV, simulation d'entretien… c'est fou.

J'imagine que dans le coin, vous devez être particulièrement sollicités. Les migrants, peut-être, la frontière n'est pas loin ? Je ne savais pas. Je dois dire que ce n'est pas du tout l'image que l'on a de la région. »
Elle me regarde froidement, la feignasse.
« Il y a peut-être quelque chose. Je vous préviens, ça n'est pas à côté. Mais vu votre motivation, ce n'est sans doute pas un problème. »

Je suis arrivée la veille, décidée à concilier tourisme et devoir. Un petit hôtel, démodé mais propre, pas tout à fait dans le centre. Sur le fronton, la faïence colorée annonce « Villa Augusta », dans un entrelacs de lys et d'iris. En rentrant, à gauche, la salle à manger, pour les pensionnaires. Je dînerai ici, à dix-neuf heures. À droite, la réception. On bavarde, avec la réceptionniste, qui semble appartenir à l'établissement, comme un autre détail architectural. C'est calme, en cette saison ! À part vous, il n'y a que monsieur Leleu, il descend toujours ici quand il est dans la région, toujours tiré à quatre épingles, il vend des bureaux, c'est important d'être habillé avec classe. Enfin, calme ou pas, on est bien obligé d'ouvrir, avec tous les frais, on ne peut pas se permettre de fermer à quelques jours de Noël. Des gens viennent rendre visite à la famille, parfois, ils réservent au dernier moment. Pour ça, Internet a fait beaucoup de mal. Il faudrait s'y mettre, mais les patrons sont si près de la retraite…

Je sors après le repas. L'air me semble doux. Par moment des parfums d'iode se coulent dans les rues désertes pour me caresser les joues. J'hésite à reprendre la voiture, rouler vite pour rejoindre la mer à quelques kilomètres seulement.

Demain. Demain, j'irai. Ce soir, je savoure l'attente. Mes déambulations m'ont amenée jusqu'à une grande place pavée. Le cœur de la ville, sans doute. Deux cafés animés, quelques jeunes attablés en terrasse. D'affreux chauffages d'extérieur qui sifflent par intermittence. Je me dirige vers la masse sombre de l'église, à l'extrémité opposée de la place. Je viens juste de m'arrêter pour observer la façade bizarrement asymétrique quand je l'aperçois. Il est assis sur les marches devant moi. Comme nous sommes à cinq mètres l'un de l'autre, difficile de s'ignorer. Je souris. C'est assez pour lui.
« Bonsoir.
— Bonsoir.
— Tu cherches quelque chose ? Il n'y a rien derrière l'église, la rue fait juste le tour et revient sur la place. »
Le tutoiement ne me choque pas. Il doit avoir vingt ans, à peine davantage.
« Non, je visite.
— On n'a pas trop de touristes en cette saison, tu viens d'où ? »
Je lui dis. Il ne connaît pas. Une étrange familiarité me saisit, tandis que l'endroit m'est complétement étranger. Je m'assieds à ses côtés.
« C'est tranquille. On vient souvent se poser ici avec des potes. »
Je pense aux jeunes attablés de l'autre côté de la place. Soudain sa solitude à lui me saute aux yeux, il en est tout à fait enveloppé, j'aurais dû la percevoir au premier regard. Je l'observe pendant qu'il parle. Souriant. Beau. Une tristesse parfois, plutôt une attente ou une incertitude. Les bras croisés. Les mains aux ongles rongés triturent les manches du tee-shirt, se posent sur les biceps saillants. Il

raconte. Je n'ai pas besoin de regarder, je sais que les cafés plus loin se sont vidés. Maintenant il fouille les poches de la veste de sport posée à côté de lui. J'admire la blondeur enfantine de la nuque rasée de près, c'est assez rare une telle blondeur, comment est-il apparu ici, ce jeune homme à la blondeur de viking ? Ce qui est certain, c'est qu'il ne va pas rester. Il va trouver un boulot l'été prochain. Il pourra passer son permis et acheter une voiture. Une taffe puis je lui rends, des lustres que je n'ai pas tiré sur une cigarette qui rigole, pas sûr que je puisse rentrer après. La dernière fois, c'était il y a longtemps… L'herbe ça me donne faim. Quand j'en étais à ma quatrième vodka-pomme, comme j'étais d'un gabarit plutôt léger, les autres avaient peur que je ne tienne pas le choc. Ils menaçaient de me priver de tournée si je n'ingérais pas suffisamment de calories. Le joint, juste pour aider à finir les bols de chips. Un cercle vertueux, en quelque sorte. Mais c'était il y a longtemps, pas sûr que je puisse rentrer… pas grave, il me raccompagnera si besoin, ça ne le dérange pas.
Je raconte, moi aussi. Il est curieux, alors je récite :

Royal, doux et fort
-Mais le verre à l'envers,
Le sucre d'abord-
Parce que je préfère
Un peu givré sur les bords.

Comme il s'est penché, silencieux, troublant, la lumière crue d'un réverbère sur son visage. Des yeux gris, constellés de paillettes bleu marine.
Je lui demande :
« Si on allait voir la mer ? »

Il était probable que l'atelier Carrière Up ! me donne envie de fuir la ville. Tôt le matin j'ai donc quitté l'hôtel avec mon bagage, pour ne pas avoir à y revenir.

« Il faudra revenir nous voir à la belle saison... un week-end en amoureux avec monsieur, peut-être ? Ou en famille ? »
Pourquoi cette indiscrétion de fin de séjour ? J'ai beaucoup parlé, déjà. Je renchéris poliment :
« L'endroit doit être magnifique, l'été... J'ai vu que vous aviez une suite familiale ?

— Oui, avec une baignoire, et des chambres qui communiquent...

— C'est pratique avec les tout petits, on peut garder un œil dessus, s'ils se réveillent la nuit...

— Ah, les bébés, c'est tellement mignon ! Vous verrez, ça grandit trop vite ! Vous voulez la voir, la suite familiale ?

— Merci, mais je n'aurai pas le temps cette fois-ci. »
Pour ma prochaine vie.

L'atelier était déprimant au possible. Nous étions douze chercheurs d'emploi, parcours et domaines d'activité parfaitement dissemblables. L'animateur animait en lançant des noms de sites de recrutement, de réseautage. Il inscrivait les adresses au fur et à mesure sur un tableau blanc. Devant moi, monsieur Leleu, engoncé dans son costume, la veste qui luit légèrement aux coudes. Je ne peux pas l'ignorer, en face de moi ! Il fait semblant de ne m'avoir pas reconnue. Plus je l'observe, plus je saisis de lui des faux-semblants, un geste de la main, une fossette, qui me font songer à un autre en costume, que j'ai connu il y a longtemps. Un champion. Habile. Séduisant, mais pas d'une façon triviale. Un *leader*. Pas le genre à se retrouver dans un atelier Pôle Emploi. Monsieur Leleu est une contrefaçon de ce champion auquel il me fait penser. Ou le modèle d'entrée de gamme. Les épaules moins larges, l'esprit moins vif, la mâchoire moins carrée, le costume moins seyant.

Alors j'imagine, quelque part, dehors, se rendant utile aux autres, il doit y avoir moi en mieux. Moi en plus performante. Moi en plus adaptée. Je nous souhaite le meilleur, à mon double magnifié et à moi.

Un paroxysme d'étrangeté lorsque nous avons fait circuler nos CV entre nous. L'animateur s'était tu. Seul le bourdonnement de nos propres machineries internes nous parvenait aux oreilles. Il semblait tellement difficile de faire un commentaire pertinent, de faire une suggestion sans risquer l'écroulement du voisin ou de la voisine pour qui cette expérience-là précisément, bien qu'elle n'eût duré que deux mois, restait la plus merveilleuse, fossilisée avec ces mots-là précis dans le curriculum, comme un insecte rare dans l'ambre, et comment questionner ces quatre années vides, qui étaient peut-être celles qui avaient suivi le déménagement, ou la maladie de papa ou pire encore. Mon voisin m'a rendu le mien, c'est bien, c'est bien, le sien était plein de trous et je ne savais pas quoi lui dire.

Après ça j'ai regretté de ne pas avoir bavardé davantage avec la réceptionniste, ne pas lui avoir promis de revenir accompagnée de mes trois maris, de mes onze enfants pour remplir l'hôtel, ça lui aurait mis du baume au cœur.

Au retour, rien n'a brûlé, rien n'est cassé : le balai est appuyé ostensiblement contre un placard de la cuisine, qu'il ne soit pas dit que tout part à vau-l'eau parce que la mère n'est pas là, il n'y a guère que le museau du chien, orange d'avoir partagé les *spaghetti alla bolognese* avec les enfants, qui trahit mon absence de ces deux derniers jours.

Et le résultat de l'expérience ? Tous ne meurent pas.

Bientôt Noël. J'en ai accumulé des cadeaux ces onze derniers mois, il ne me reste plus qu'à rajouter des étiquettes colorées, des rubans, des découpes savantes sur les emballages. L'empaquetage des cadeaux a pris à mes yeux une importance démesurée, sans que je parvienne à dire exactement pourquoi, au point que le contenu du paquet en lui-même est devenu accessoire. Je ne cherche pas à lutter, chaque année je rajoute des rubans. Si je suis la pente, bientôt j'offrirai des boîtes vides somptueusement décorées.

À l'approche des fêtes, nous évitons les magasins plus que d'habitude encore. On dirait que les adultes se comptent le vingt décembre : ils s'aperçoivent qu'ils ne sont pas seuls ; c'est toute une excitation cette découverte, une frénésie désolante de chocolat, de jouets, de chansons mièvres. Tandis que les autres s'occupent dans les galeries commerciales, je parcours la forêt pour ramasser des branches de sapin, des pommes de pin, le houx brillant. Je transforme le logis en chalet de conte de fées. En sémaphore. Attention, Sol Invictus, Minuit Chrétiens, la lumière vient ! Ne sentez-vous pas la terre frissonner sous

la neige ? La longue nuit va disparaître, hâtez-vous, hâtez-vous de faire ces choses qui réclament l'obscurité, cueillettes, divers maudissements, solitude complice que j'aime. Dehors des créatures ont faim.
Sur la table de la salle à manger, le fatras ramassé, le fil de fer, la pince, des colifichets. Je sculpte, je taille, je transforme. Tout est calme. Tout est joli. Tout est bien.

Ce qu'ils attendent surtout, les enfants, c'est l'expédition secrète pour récupérer l'arbre, dans la forêt. Vers neuf heures le soir, on s'habille chaudement, on s'équipe de lampes torches, d'une courte scie à main. On a repéré avant le bosquet que l'on va dépouiller d'un de ses occupants : là, ils poussent tout serrés, il faut choisir parmi ceux-là. On se fait peur. Le garde forestier en patrouille nocturne peut-être, on éteint les lampes, le clair de lune pallie, un loup peut-être, on rallume. La décision est difficile. La grande veut un sapin majestueux, non, celui-ci ne tiendra pas dans le salon, voyons, il fait bien trois mètres de hauteur. On se met presque d'accord, quand le petit oppose son veto, non pas celui-là, il est trop beau, il faut le laisser vivre. C'est la dernière fois qu'il nous accompagne, ça lui brise le cœur à chaque fois. Il faut argumenter, gestion sylvicole, variété des essences... pour qu'il ne s'oppose pas plus vigoureusement au prélèvement. Je finis par scier le tronc d'un, assez dégarni d'un côté. Tant pis, on ajoutera des guirlandes de ce côté-là. Ce sapin est suffisamment élancé pour que la grande soit satisfaite. De toute façon, j'installe toujours le sapin sur un tabouret, pour être certaine qu'il touche le plafond, comme il se doit.
Après, il faut le ramener chez soi, le roi des forêts. On le traîne à tour de rôle. Il glisse sur la neige comme un chalut

sur l'eau. Il a sa place entre la cheminée et le canapé. On peut le considérer des heures avant de l'habiller, ce sapin : il n'est pas un peu penché ? Il faudrait le tourner un peu, on voit la partie moche. Il est énorme, quand même. Imposant. Formidable. Bigrement plus gros que celui de l'année dernière, non ? Il restera nu, l'apparat, les guirlandes, ce sera pour la fin de semaine, il est temps d'aller se coucher.

****

Le soleil est au zénith, la lumière est insupportable. La douce couleur beurrée du sol se transforme en une flaque brillante qui agresse les yeux. Je m'accommode de la chaleur, mon médicament, elle me soigne, m'économise. La lumière : la lumière parfois n'est plus le fond palpitant où se dessine la petite maison, les lauriers, le bord de la falaise, elle devient un débordement insinuant qui me repousse. Elle veut me rejeter vers l'intérieur des terres, sous le couvert des chênes verts et des pistachiers, vers le chemin, vers d'autres bâtisses, vers la route après. Lorsqu'elle se fait trop vive je trouve refuge dans la maison. Il n'y a d'autres baies que celle de la porte, généralement ouverte, et une embrasure étriquée, une meurtrière, de sorte qu'il ne règne jamais plus de clarté dans mon abri que je ne le souhaite. En y pénétrant je me heurte à la table à côté de la porte, je suis habituée à sa présence pourtant, j'étais distraite. J'appréhende de voir ce que je sais trouver, là, au fond de la pièce, sur ma couchette. Je m'approche. Ma gorge se serre. Une lance de glace glisse le long de ma nuque, glisse le long de mon dos, je le reconnais, malgré le regard désormais éteint. La blondeur, le visage juvénile comme barbouillé de craie. Cette dépouille dans ma

maison ! La plage ne suffisait pas ! Il va falloir le sortir de là, d'abord ! Sa main gauche est recroquevillée selon un angle dérangeant, la rigidité cadavérique m'empêchera de la placer dans une position moins absurde, une offense à l'équilibre de ce corps enviable.
Avec des pierres ramassées autour de la maison, je dessinerai la silhouette d'un bateau. Le bois mort, j'en ferai un bûcher au centre de ce bateau, je placerai le corps sur le bûcher. Quand les restes calcinés seront recouverts de pierres, quand je saurai que nulle âme ne hante la tombelle… un viking de plus au royaume d'Asgard.

****

Si après les fêtes, les cadeaux de noël doivent remplir les placards, il faut faire du vide d'abord. C'est la règle. Une chose entre, une chose sort. C'est très hygiénique. Pour les vêtements, c'est facile. Juste des déguisements. Aucune sorte de valeur. La vaisselle, pareil. On peut évacuer. Mais les photographies, les vieux papiers, le sac à main déchiré de ma grand-mère : pas toucher. Tous ces fragments soigneusement emballés dans du papier de soie. Ils m'importent plus que l'entier contenu de la maison. Prenez la télé, le service en cristal, mais laissez-moi le collier de nouilles et les fleurs séchées.
Ma fille m'interpelle :
« Et les livres ?
— Quoi, les livres ?
— Tu ne ferais pas un peu de tri ?
— Non, les livres, on les garde.
— Ceux-là tombent en lambeaux.
— On les garde tous.

— Les pages s'enlèvent !

— Ils sont vieux.

— Ils doivent être encore édités. Tu les remplaceras.

— Je vois. Quand je serai vieille, tu me remplaceras comme ça ?

— Faut voir si tu peux encore servir. Tu surveilleras les petits-enfants, tu tricoteras des moufles… Ces bouquins sont illisibles, les feuilles se détachent, je te dis.

— Il y a des petits numéros en bas des pages, tu sais pourquoi ?

— Pour vérifier que tu en auras pour ton argent, quand tu lâches un billet pour acheter un livre. Tu regardes direct à la fin, pour calculer le prix à la page.

— J'ai besoin de tous les livres. Tous.

— Mais pourquoi ?

— Bibliomancie. Je me pose une question, un livre me donne la réponse. C'est ce à quoi servent les livres.

— Même les vieux ? Même le dictionnaire de mille neuf cent quatre-vingt-trois ?

— Surtout les vieux. Ils ont eu le temps de s'imprégner.

— S'imprégner de quoi ?

— De l'air du temps. De la magie ambiante. Des questions que je me pose.

— Ok…

— Tu devrais plutôt faire du tri dans ta chambre.

— Je vais voir. »

Ma fille croit que j'ignore ce qu'elle fabrique, avec son frère, quand j'ai le dos tourné. Mais je le sais parfaitement. Elle dissèque les sacs remplis du bazar promis au recyclage. Extrait des articles qu'elle estime utiles, à peu près tout ce qui n'est pas troué ou fissuré. Elle range. Replace dans les

tiroirs, sur les étagères. On ne roule pas sur l'or, il ne faut pas jeter ce qui peut servir plus tard. Si ça ne sert pas, on peut vendre ou troquer. Elle est raisonnable. Elle est attentive. Je dois ruser pour jeter une casserole ou une chemise. Par contre, si je file des bricoles aux voisins, elle ne dira rien, donner, c'est pas gâcher. J'ai rempli un sac de jouets délaissés.
« Je vais voir Muriel et André ! »
Je claque la porte. Je remonte le chemin menant aux prés.

Il a des élans qu'il refrène au dernier instant, chaque fois qu'elle vacille. Là, elle tangue en rangeant la bouteille de sirop. Je le surveille du coin de l'œil, tout en la regardant, elle. J'évite de considérer trop franchement le verre sale dans lequel tremblote la grenadine juste versée. Au moins, en cette saison, pas de mouches. Il faudra bien la boire, cette grenadine.
« Comme c'est gentil à vous. On ne vous remerciera jamais assez, je le dis toujours à André. Hein, André ?
— Oui, oui, marmonne André, c'est sûr que ça nous enlève une sacrée épine du pied. La belle-fille peut plus y monter, de c'temps. »
Régulièrement, je fais quelques courses pour eux. Les vêtements trop petits des enfants échoient à leurs petits-fils. Je leur ramène leur matou, quand il a fugué trop longtemps. Une bête énorme, vicieuse, terrorisant la moitié du quartier, qui campe devant mon potager pour choper des mulots. S'il n'est pas rentré à vingt heures, Muriel s'inquiète, elle appelle depuis le pas de sa porte, chaton, chaton.
On parle de l'époque, qui n'est plus comme avant. Du maire, qui est un bon gars, d'ailleurs, il est d'ici. Par un échange de bons procédés, à la belle saison, la grande et le petit

peuvent aller piller la parcelle de framboisiers abandonnée, devant la ferme. En vérité, la cueillette n'intéresse pas beaucoup les enfants, mais enfin, c'est toujours possible. J'y vais moi parfois, me frayant un passage entre les arbustes tout enherbés, saluant de la main, André qui passe le balai sur la terrasse, ou Muriel assise sur le banc. Au retour, je leur montre le panier plein de framboises, ça leur fait plaisir, ils ont l'impression de s'acquitter d'une dette, c'est terrible ce besoin de bien solder ses comptes, de ne pas devoir, toute une âpreté de travailleur possédant qui transpire là-dedans, et dont ils seraient incapables de se débarrasser, dans quel but d'ailleurs, il n'y a rien à reprocher.

« On a gagné au change avec vous. Ceux d'avant... enfin, ils travaillaient beaucoup, pas le temps de trop causer...

— Oui, des parisiens.

— Ah oui, eux aussi. » Ce disant, Muriel fronce des sourcils pour qu'André se taise, évite de dire des choses désobligeantes. Elle craint qu'il n'ait oublié que moi aussi, je suis parisienne. Quelques fois j'ai essayé de leur expliquer que non, pas d'ici c'est certain, mais pas parisienne non plus, puis j'ai renoncé.

« Et puis on vous voit dehors, en train de vous activer, ça fait de l'animation.

— Vous les avez essayées, les courges que je vous avais données ? » s'inquiète André.

Depuis qu'il m'a confié le petit sachet de graines, il a suivi chaque étape de leur développement, les courges sont mangées depuis longtemps, mais il s'en soucie encore.

« Oui, ça avait bien donné, merci.

— Vous-y avez récupéré les graines ?

— Oui, les enfants m'ont aidée.

— Il faut bien les faire sécher.
— Tu nous embêtes avec tes courges, elle sait faire quand même, on voit que vous n'avez pas deux mains gauches, et puis vous, vous aimez vous occuper de votre potager, il est bien propre. »
Je pressens la suite. C'est la belle-fille qui va en prendre plein sa musette.
« Je l'ai dit à la belle-fille, mets au moins des salades et des haricots pour les garçons ! Pensez-vous ! Pourtant y'a pas plus facile. Le fils n'a pas le temps de s'en occuper, mais quand même !
— Ah ça, c'est pas les mêmes façons que nous... »
Sa très grande faute, à la belle-fille, que le fils travaille en ville. Pourtant, le fils l'a rencontrée après avoir quitté la ferme. Pourtant, elle ne travaille pas qu'un peu, cette dame. À l'hôpital, de nuit parfois. Toujours avenante, ses fils toujours polis. Que voulez-vous, ça ne rachète pas le manque de haricots.
Je suis convaincue qu'ils m'apprécient. Si ce n'était pas le cas, ils se contenteraient de hocher la tête quand on se croise, jamais ils ne m'auraient laissé franchir le pas de leur porte -rien ici d'une joyeuse convivialité. Je suis là, je suis utile. Pourquoi je viens, moi ? Une appétence bizarre pour les mouches dans la grenadine ? Les comparaisons avantageuses avec la belle-fille, pas cher payées ? L'idée de ma générosité qui me flatte ? Rien de tout cela : un devoir qui s'impose. Aucun choix. Je ne suis que l'instrument d'une construction socioculturelle.

C'est à ce moment que j'ai compris. Je pensais n'être que l'instrument de la société, tout un arrangement de codes, de contraintes morales, biologiques, incarnées dans le corps mouvant que composent mes semblables. Être un tentacule lancé, comme tant d'autres, sur un objectif, parmi d'autres, servant le grand dessein de l'humanité qui avance. Cette dernière visite à la ferme m'a accordé une perception aiguë de ce qui différencie mon incidence faible, habituelle, sur la marche du monde, comme voisine serviable par exemple, de ce qui se manifeste avec les écrits que j'ai produits. Enfin, aider ces petits vieux… le résultat de la proximité géographique, de ma bonne éducation, du délaissement de leur fils, lui-même conséquent à leur rejet affiché de la belle-fille. Mais la fatalité sur mes poèmes ? Inopinée ! Voyez. Jeune, beau. Mort aussi. Proprement imprévisible, puisque certains survivent. Pourquoi ? C'est évident : il y a une intention inconnue. Intention incompréhensible, supérieure. Je ne suis pas l'instrument de la société, quand j'écris. Quand j'écris, je suis le glaive de Dieu.

Ah, non ! C'est trop prétentieux, le glaive de Dieu ! On imagine, cuirasse rutilante, destrier harnaché, foudre du ciel, *tutti quanti*. Je suis la vengeance discrète. Chaque feuillet que j'ai écrit est une peau de banane.

Une toxine invisible. Je suis le clou rouillé de Dieu.

J'ai un fantasme récurrent. Les autres lisent dans mes pensées. Il y a longtemps, c'était un jeu choisi. De la magie intentionnelle. Me concentrer, libérer un flot de pensées, le diriger vers cette personne, celui-ci, que pourrais-je lui communiquer, une irrépressible envie de chantonner ? Plus tard, la sensation que la partie se jouait à plusieurs m'a saisie. Parfois. Puis, davantage. Je sais pourquoi. Je ne parle pas assez aux autres. Les représentations, moi en costume de prof, ne comptent pas. Je suis si seule, il n'y a pas grand-

chose en mon pouvoir pour éviter que ce fantasme ne me dévore. Il faudrait parler, mais à qui ? Un recruteur m'a raconté, « des CV comme le vôtre, j'en ai cent dans mes tiroirs. »
Les cent comme moi, je voudrais bien les voir.
Non pas que la solitude me pèse. Je dois l'avouer, je suis souvent mieux seule qu'accompagnée. En réalité, la présence physique des autres ne m'est pas indispensable. Je suis plus à l'aise avec leur *aura*. Le *conceptat* de chaque individu. J'en considère certains comme des amis, quand je les connais suffisamment pour croire que j'ai cerné l'essentiel en eux, l'immuable, que ce quelque chose me plaît, il n'y a plus nul besoin de les fréquenter régulièrement pour se convaincre de cette intelligence entre nous, j'invoque parfois leur esprit, *dis manibus*, cela me convient. Mais, cette solitude, rien que physique, solide, n'est pas sans inconvénient : on ne discute pas autour d'un thé, donc. Mais, sûr, si je suis le tomahawk du Manitou, tout s'explique. Un instrument ne parle pas. Il n'a pas à parler. Avec mes enfants, il n'y a jamais eu de risque de pensées échappées, malencontreusement captées. Je leur dis tellement de choses, déjà. Mais cet homme-là qui m'émeut, cet autre, que j'exècre, s'ils savaient ? Tout bousculé, le canevas chéri des conventions. Non, il ne sera pas dit que, de mon propre chef, j'ai foulé aux pieds le déroulement paisible des choses. Par contre, si je suis seulement la clef du Grand Horloger, tout est bien. On me protège, je peux me taire, et penser dans n'importe quelle direction.
Tout s'explique, tout est bien. Je vais suivre scrupuleusement le programme ancré dans mon cerveau. Ces poèmes... Il n'y a pas d'inspiration. Uniquement des

instructions. Tout ce temps pour comprendre... quarante années aux orties !

J'ai un candidat, pour ma prochaine lecture. Il y a un homme, au collège. Professeur de Technologie. Monstrueux. Méchant. L'incarnation de la frustration. Un manque, alors il engloutit. Le tiramisu dégueulasse de la cantine. Les élèves. Un manque : on devrait créer pour le combler. Difficile pour la plupart, on essaie... Lui, le contraire. Engloutir. Détruire. La marque des méchants. Je ne suis pas là par hasard. Quelque chose à faire. Demain. Demain, le repas festif du personnel de l'établissement. Tout le monde à la cantine, zou ! On va tester les prouesses du chef de cuisine, enfin s'ébaubir des capacités de réchauffage de plats des matrones de sa clique. Faut-il préciser? Ordinairement, je m'abstiens. Cette fois-ci, j'irai. Je manœuvrerai de façon à prendre place face à monsieur Gruffy. Je lui réciterai quelques vers, par surprise. Possiblement son gros nez tombera dans le gobelet, qui ne cassera pas, car Duralex, y restera coincé, et gloub, gloub, gloub. Noyé, le méchant. Ou quelque miracle du même genre.

On se déplace, par petits poquets de profs pressés, des bâtiments des salles de cours à celui de la restauration.
Je me suis approchée de Gruffy. J'ai même dit bonjour. Je tente de caler mon pas sur le sien, discrètement. Je réalise que, discrètement, c'est impossible. Il s'arrête de façon imprévisible, pour reprendre son souffle. Je pense à la plus belle fille que j'ai jamais vue, il y a bien vingt ans de cela. Une maltaise de dix-sept ans, qui devait peser quarante kilos de plus que moi, des yeux rieurs dans un visage de

madone bronzée, avec ça toute une vivacité animale, souple et potelée. Je ne peux pas m'empêcher de comparer avec monsieur Gruffy. Il ne doit pas s'aimer beaucoup. Il n'a pas bien compris à quoi elle sert, cette merveilleuse boîte d'os et de chair, la châsse de nos viscères. J'engage la conversation.

« Il y en a du monde cette année, pour le repas festif ! Un succès pour le chef !

— Hum. Pareil que l'année dernière.»

Je réponds sans réfléchir. « Déjà, moi, je n'y étais pas, c'est une personne de plus. »

Génial. Vu le regard qu'il me lance, il s'éloignerait en courant s'il le pouvait. Je me rattrape aux branches. « Mais on m'a raconté. »

Je souris de toutes mes dents. Je serai le Chapelier Fou. Je constate à sa lippe tremblotante que mon Alice est mal à l'aise. Ce n'est pas l'objectif, mais c'est un début.

Nous entrons dans le réfectoire. Je ne saurais décrire toute l'abjection que m'inspirent ces endroits. Les salles de cantine, les réfectoires. Souvent éclairés comme des hangars. S'exposer en train de sacrifier à une nécessité naturelle, devant des semi-inconnus. Nécessité naturelle. Il ne s'agit pas de gastronomie. Nous sommes au royaume du Paris-Brest surgelé. Il s'agit de s'emplir. Souvent il faut faire vite, comme honteusement. Entouré de gens que l'on connaît à peine. Répugnant, à tous égards. Pour satisfaire l'Esprit de Noël, qui ne poserait pourtant pas le bout d'une chausse ici, on a suspendu au plafond des boules de plastique brillant. Les oranges dans les paniers en paraissent moins artificielles.

Je poursuis le dos énorme de monsieur Gruffy. Je slalome entre les profs d'espagnol, à leur habitude en train de

discuter d'une nouvelle filière d'importation de *jamon iberico*. Monsieur Gruffy s'affale enfin sur une chaise. Je m'assieds en vis-à-vis. Il me faut approcher ma chaise de la table, pour ne pas voir la chair blanchâtre faisant saillie au niveau de l'abdomen, entre deux boutons de sa chemise. Question de discrétion. Il y a un peu de moutarde séchée sur le bord de la table, j'essaie de l'éviter. Je me demande si tout cela n'est pas un peu au-dessus de mes forces, a fortiori en affichant un sourire inaltérable de ravi du village, façade joviale propre à convaincre tout à la fois de mon caractère placide, enjoué, bienveillant, inoffensif et agréable. Enfin, quoi, un peu de ressort. Pour enchaîner, je pourrais évoquer ses élèves. Vu le plaisir qu'il semble en retirer, il risque de quitter la table, ou de me bassiner avec une litanie de plaintes. Un jour, je l'ai entendu dire « dommage qu'on ne puisse pas les frapper », à la directrice adjointe. Elle a ri, cette conne. Je pourrais m'extasier sur le menu... pourquoi m'infliger ça ? Autant attaquer avec un minimum de formes.
« Alors, vous avez préparé vos cadeaux de Noël, monsieur Gruffy ? »
Je ne le laisse pas répondre, vu que je m'en fous.
« Moi, j'ai eu une idée, je crois, assez originale. Fini, d'acheter les cadeaux au centre commercial, dans le rush noëlesque. »
Je raconte vraiment n'importe quoi. J'aime bien, en fait… ça donne une sorte de vertige, l'infini du n'importe quoi. Je devrais raconter n'importe quoi plus souvent.
« Nous sommes envahis par la matière, ne trouvez-vous pas ? »
Lui, c'est certain.

« L'esprit s'embourbe chaque jour davantage dans la substance. »
Je suis à un cheveu de m'effrayer moi-même.
« Plus de souffle, moins de matière ! Cette année, j'offre de l'invention... de l'imagination… Poèmes, danses... performances... »
Il faut porter l'estocade finale avant qu'il n'appelle à l'aide.
« Dites-moi ce que vous pensez de ça...

Tu n'as rien à donner
Mieux qu'un printemps qui passe,
Aucune fidélité
Que le chien ne surpasse,
Tu n'as que la fumée,
J'ai juste ma carapace,
Y'a que des grimaces,
Qu'on pourrait s'échanger.»

Il a écouté religieusement. Peut-être, il apprécie. Possiblement, je désigne à la foudre divine un lecteur potentiel. Que dis-je ? Un fan ! L'embarras me gagne. Il n'est pas complètement mauvais, pour trouver du bon dans mes vers de mirliton. Les yeux de monsieur Gruffy s'agrandissent autant que ses paupières épaisses y consentent. Il murmure :
« C'est pour moi ? »
Ah ça, si on m'avait dit ! Devant moi, lui, tel une pucelle bouleversée par l'aveu d'un galant. En voilà une bonne fortune ! Il ne paraît pas du tout à l'article de la mort, le gros. Un peu de sang lui est monté au visage, il aurait presque bonne mine. Il est à deux doigts de penser que c'est moi, le cadeau. Pour le côté surprise, alors, parce que

niveau emballage et faveur, je ne suis pas spécialement au taquet, comme d'hab, en fait.
J'ai loupé quelque chose. Je comprends... c'est le doute. Il ne fallait pas douter. Le marteau de Thor ne ramollit pas devant l'ennemi. À moins que l'effet ne soit pas immédiat. Ce soir, dans sa baignoire... non, pas de baignoire, il n'en sortirait pas... dans sa douche... justement, la baignoire... par exemple, mieux vaut ne pas y penser ! De cette façon ou autrement, n'ai-je pas rempli ma mission ? Je me sauve avant le risotto aux morilles.

Le lendemain, monsieur Gruffy se portait comme un charme. Pas même un rhume. Rien qui évoque une glissade dans la salle de bains.
Il n'était pas assez méchant, faut croire.

Le garage est gris laid. Mon garage. Comme si cette mocheté ne suffisait pas, l'entrée est trop étroite pour que je puisse garer ma voiture à l'intérieur. Le garage est un bloc de béton, comme une anomalie devant le paysage de montagnes. Des mois que je le considère sous tous les angles, à envisager comment atténuer cette disgrâce. En première approche, le camouflage. Le barder, le dissimuler sous des treillis... Faire pousser des trucs dessus ? Trop fragile, trop timoré. Ses murs gris réclament une renaissance. Même, être transcendés par l'expression d'une volonté supérieure. Une volonté créatrice, apte à transformer des murs moches en quelque chose d'autre. Ma volonté créatrice. Bref, il leur faut un bon coup de peinture. « Peins-moi », qu'ils supplient. Un seul mur, c'est environ sept mètres carrés de support. Immense. De quoi viser l'exceptionnel. Le crépi ton pierre est exclu. Il va de soi que tous les règlements municipaux absurdes, qui prétendent régenter le bon goût, vous condamner à peindre vos persiennes en gris nuage, en vert papom, sont méprisables. J'emmerde violemment la police du bon goût. Complètement. Systématiquement. J'encourage la résistance. Façade framboise, volets à pois bleus, vous avez tout mon soutien. J'irai jusqu'à défendre les nains de jardin,

les rideaux de porte en bouchons, si ça sert la cause. Sur le mur sud du garage, j'ai commencé à peindre des arbres, des fleurs. Pour ma fille, un pégase. Pour mon fils un dragon. Pour le chien, un chat. Je me suis réservé un carré. Qu'est-ce qui me plairait ? Une salamandre. Un bolide. Un mogwaï mignon. Si je glissais plutôt quelques mots dans cette composition ? De cette façon, les passants, pitoyables, ignorant que leur destin se joue à l'instant où leur regard tombe distraitement sur ces phrases, déchiffreraient du même coup l'arrêt signifiant leur fin ou leur pardon, sans que ma pusillanimité ne puisse altérer la détermination du bourreau –qui est-il, celui-là, d'ailleurs ?
J'ai disposé le matériel devant le mur. Pots de peinture, bombes, chiffons, pinceaux, rouleau. Un jour, alors que je m'affairais à peindre un autre mur, ailleurs, un gamin m'a demandé si c'était mon métier. Une remise d'arrière-cour que je convertissais en cabine de plage, à force de rayures bleues et crème, de silhouettes de voiliers. J'en ai retiré beaucoup de fierté. Depuis, j'enfile une blouse de travail avant de commencer. Ça fait professionnel.

A midi, la température plus clémente me permet de me mettre à l'ouvrage. Pour débuter je retouche l'œil du dragon et la ramure d'un arbre. Un couple de promeneurs ralentit. La dame s'arrête tout à fait pour s'exclamer :
« It's beautiful ! Look at this ! »
Le monsieur s'arrête aussi. Il me traduit, comme pour s'excuser :
« Nous admirons votre travail.
— Merci. C'est surtout beaucoup de patience. »
C'est faux. Rien à voir avec la patience. Mais je ne savais pas quoi dire. Je n'ai pas eu le temps de préparer des

discours pour toutes les circonstances. J'y travaille, pourtant. J'ai préparé, pour quand je balancerai leur quatre vérités aux parents d'un, de la graine de gibet on aurait dit, en d'autres temps. J'ai préparé, pour quand je partirai à la retraite. J'ai préparé pour l'interview de la télé locale à propos des enjeux des prochaines municipales. J'ai préparé aussi, pour le mariage de mon fils. J'ai même quelques mots clefs pour mon entrée à l'Académie. Mais sur ce coup-là, j'avais pas.
« Oh, j'en suis sûr. Bon travail alors.
— Merci, bonne journée. »
Oublions les mots dans la composition. Trop redoutable, trop massif. Trop compromettant. Imaginez un groupe de touristes russes ou chinois, là, étendus raides devant la porte du garage. Merde. En plus, obligée de dégager les corps avant de pouvoir me garer. Comme si la neige ne suffisait pas. Je vais plutôt tenter de peindre un banoffee pie. Je devrais avoir assez de place pour glisser le portrait de Rutger Hauer en replicant, juste à côté. De profil, peut-être.

Le soir, Lapin m'interpelle :
« Tu as peint mémé en train de faire une omelette ?
— C'est Rutger Hauer, avec un banoffee pie à côté. »
Il veut m'épargner.
« C'est pas mal fait, mais ça suit pas trop avec le reste. Tu pourrais repeindre la mémé en sorcière et l'omelette en tournesol ? »

Je devais passer la frontière, pour suivre la première partie d'un stage confitures sauvages. C'est une étape que je me suis imposée pour m'intégrer dans mon environnement. Pas mon environnement naturel. Mon environnement social. À un moment, j'ai pensé qu'il fallait que je reste connectée au reste du monde. Mon objectif à moi. L'objectif du stage, c'est de savoir élaborer des confitures avec des baies cueillies dans la nature. Il y a une réelle dangerosité à mettre n'importe quoi dans la bouche, donc il y a une partie théorique, pas anodine du tout, à suivre, avant de glaner et confire. On profite de la morte saison pour faire la théorie. Je me suis faite arrêter à la douane. Par une femme, en plus, je suis dégoûtée. Ils ont fouillé mon sac à main, et là, pauvre de moi, un cachet de paracétamol échappé de son blister, au fond d'une des poches du sac. Suspicion. Je dois aller m'asseoir là-bas, pendant qu'ils inspectent le véhicule. Ne pas être physiquement capable de dominer la plupart de mes interlocuteurs, c'est un désavantage certain. Un complexe, même. Mais c'est trop tard pour y remédier, d'une façon ou d'une autre. Je me console en me disant que j'ai une bonne tête, la figure honnête... alors être alpaguée par des douaniers, ou des pandores, n'importe quel gugusse en uniforme, ce n'est pas seulement une oppression, c'est une vexation. Un jour je vais finir par leur mettre une grosse baffe dans la tronche, histoire de voir si j'aurais pas le dessus, quand même, si ça tombe je doute injustement de mes capacités, en même temps ils sont armés, il ne faut pas que je m'excite non plus. Tenter un taquet discret au chien, c'est moche. Il faut prendre son mal en patience. Je suis arrivée en retard au stage. Vu le prix, ça me fait franchement mal. Ils ne sont pas prêts de me revoir, eux, leurs confitures et leurs douaniers. Je me demande si je veux vraiment m'adapter à cet environnement-là. Ce serait mieux quand même, non ? Il faut se forcer, des fois, non ? Allez, sois courage, maman.

J'ai choisi le stage confitures, sinon il y avait pire pour l'adaptation à l'environnement. On m'a recommandé le rendez-vous à l'institut pour une manucure. Il paraît qu'il n'y a qu'un salon, à trente kilomètres à la ronde, qui vous pose le vernis correctement. Forcément, the place to be. Il se trouve que je m'occupe de mes cuticules toute seule comme une grande. À part ça... marche afghane, relaxation indienne, danse tadjik ou autre... Bientôt, on aura des ateliers pour nous apprendre à flatter le tronc des grands arbres ou marcher dans les ruisseaux.
Suis-je bête, la MJC distribue des prospectus, pour les cours de sylvothérapie et l'initiation au ruisseling.

Les enfants aimeraient que l'on voyage davantage. On devrait partir pendant les prochaines vacances, il y a longtemps que nous ne sommes pas allés loin. Je suis d'accord. Je ne vais pas trouver ma petite maison en restant dans ce trou. Mais il y a le problème des sous. Je leur dis qu'il faut attendre encore. Pour attendre utilement, on imagine le voyage. Comme nous ne parvenons pas à nous accorder sur une destination unique, on part sur un tour du monde. Un an. Ou deux. Il faut décider de l'itinéraire. On prend la mappemonde. Lapin est très intéressé par le Japon. Le comble du dépaysement, d'après lui. Il faudrait commencer par ça. La grande penche pour la Nouvelle Zélande. Mais elle veut bien commencer par un autre pays, si l'on consent à randonner pendant un mois, à cheval. Minimum, un mois. Son frère et moi consentons, puisque tout est virtuel. Je profite de la randonnée à cheval pour suggérer le grand ouest américain, ensuite. Cow-boys. Lasso. Canyon. Unanimité des votants. Après ça, on ira chasser l'alligator dans le bayou. Lapin aura le droit de s'occuper du barbecue, il paraît que c'est très bon, l'alligator, une viande blanche, c'est très fin, je ferai une sauce aux cacahuètes, le grand kif. On s'allongera à même le sol pour digérer, protégés magiquement des moustiques, qui seront impressionnés par la peau de reptile pendue à un cyprès chauve. Après, le nord, le Canada, les buildings, les lacs, puis aux premières neiges, on se serrera dans une cabane de trappeur. Il faudra bien penser à ne pas toiletter le chien avant de partir, qu'il ait tous ses poils pour le protéger du froid. On devrait commencer à lui chercher des petites bottes, pour protéger ses coussinets des engelures. Je les rassure, on trouvera facilement là-bas. J'ai peur qu'ils ne s'emballent, j'essaie de calmer le jeu. Ils ont compris, mon fils dit « T'inquiète maman, on sait que c'est pas vrai ». Nous poursuivons gentiment notre rêverie de nomades contrariés. On peut redescendre en Patagonie, après le Canada ? Je ne vois pas ce qui nous en empêcherait. J'aimerais bien aller en Afrique du Sud, aussi. Haussements de sourcils dubitatifs. J'explique, lions, éléphants, gazelles. D'accord, du bout des lèvres. En échange, je cède, pour la croisière sur le Nil. Alors que quarante siècles nous contemplent, la grande s'interroge.

« C'est long, un an. Deux ans. Qu'est-ce qu'on fait de la maison, de la voiture ?

— On s'en fout, on vend. Tout se vend, ici.

— Tes souvenirs ? s'enquiert Lapin.

— Dans une malle, au garde-meuble. Une petite malle.

— Il faut combien de temps pour vendre ?

— Pas longtemps. Mais il faudrait que je donne d'abord un coup de peinture pour rafraîchir le salon, la cuisine… Ma fille reprend :

— C'est tout ?

— Que vous rangiez vos chambres pour que les visiteurs se rendent compte de l'espace disponible…
— T'abuses.
— Je peux toujours essayer, non ?
— Non, pas avec nous, à un moment, faut savoir renoncer.
— Bah, j'ai pas mal renoncé, déjà.
— Je comprends rien à ce que vous dites, prévient son frère.
— Pas grave. On était où ?
— Louxor.
— Et pourquoi pas aussi les pyramides du Mexique ?
— Entre le Canada et la Patagonie, dans ce cas.
— Moi ça m'est égal, tant qu'on ne va pas en Chine.
— Pourquoi ça, mon chéri ?
— Ils mangent les chiens ! Pense à notre petite bestiole trop mignonne toute poilue, ça va lui briser le cœur.
— Ne parle pas comme ça de ta sœur.
— Maman !
— Quelqu'un a noté, parce que là, il y a moyen d'optimiser les trajets, d'après moi. »

On peut y passer la soirée. Je me demande si je ne les incite pas au fantasme de façon exagérée. Puis je me dis, leur offrir des vacances, vraiment, ce serait aussi un prétexte au fantasme, la raison de se projeter dans une vie de balades, baignades, découvertes ou rencontres diverses, si l'on s'installait ici pour toujours, alors qu'on sait qu'il faudra revenir, qu'on a tendu la partie élastique de la laisse au maximum, et qu'on va être rattrapé au collier si l'on s'aventure un peu trop loin, en un sens c'est pire, on a joué suffisamment avec son fantasme pour l'émousser sans l'avoir consumé totalement, quel gâchis, là je leur laisse un fantasme tout beau, tout propre, ils pourront encore le faire danser dans leur tête de longues années, ou si l'audace pousse dans leur cœur, ils iront et l'embrasseront, et quand leur hiver viendra, par tout mon sang et mes tripes que ce soit le plus tard possible, ils pourront subsister de leurs propres moissons.

****

Une puanteur douceâtre emplit l'air. Il faudrait faire brûler quelques herbes pour l'atténuer, mais les images du brasier sont encore vives, je ne m'y résous pas. Faut-il que je renonce à ma petite maison ? C'est une punition ? Pourquoi ? J'ai servi, pourtant ! J'ai obéi ! J'ai été le tomahawk du Grand Manitou ! À genoux, peut-être ? Si je n'ai pas compris, que l'on m'explique ! Comme je voudrais comprendre ! Je jure, c'est mon souhait le plus cher. Mon vœu. Une étoile filante, je ferai un vœu. Il n'y a pas d'étoiles, il n'y a pas de nuit ici, juste la lumière toute crue. Il faudrait rester plus longtemps. Il faudrait ne pas se réveiller, alors je pourrais contempler les étoiles. Très loin, très loin dans le ciel, un être étrange me regarderait, à la lumière des étoiles. Mon regard serait attiré précisément dans sa direction, vers ce morceau d'univers-là, à la même seconde, nos regards se croiseraient sur le même trait, il n'y aurait pas de courbe ou de temps qui prend son temps ou de lumière qui s'étire et lambine, je saurais qu'il me devine et je le pressentirais au même instant, cette connivence inouïe, un miracle qui ferait que ma vie aurait valu le coup d'être vécue, mais cela ne se produira pas puisqu'il n'y a pas de nuit ici, c'est curieux que je ne l'ai pas remarqué avant, sans doute, je n'en éprouvais pas le besoin, mais maintenant j'en suis persuadée, un peu de nuit, un peu d'étoiles. Je me réveille en sursaut, je suis en nage, j'enlève mon tee-shirt pour essuyer la moiteur sur mon front, ma nuque, entre mes seins, je roule le tee-shirt sous l'oreiller humide. Je suis malade, peut-être.

****

Hier, mon fils m'a demandé si j'écrivais encore. J'ai menti en affirmant que oui. Je n'ose plus écrire sans avoir pris la mesure de ce qui arrive, les risques éventuels, les conséquences. Pourtant c'est une irritation permanente, ce manque, je me fais l'impression de tourner en rond, j'ai des accès de tristesse, parfois je me regarde frissonner, la tête pleine de mots, prête à éclater, les mains vides.
J'ai manqué de méthode. Il faut que j'organise. Que je vise juste. Viser juste ! Une liste.
De la méthode. Une pré-sélection. Des cibles. Affiner un peu. Le marteau qui s'abat à côté de l'enclume, pas terrible. C'est pas ce qui manque, les méchants. Si on se trompe, pas grave, le bouclier invisible qui les protège, comme le Gruffy, alors... Il faut travailler tout ça. Se documenter. Les faits divers. Non. Essayer de se souvenir, comme il n'y a pas de hasard. Difficile de se souvenir, mais justement, cela aussi, c'est fait exprès, uniquement les faits saillants à surnager, les crêtes, le reste enfoui, pas par hasard. Mettons de côté quelques avanies infligées par des condisciples, à l'école, au collège. Les enfants font souvent souffrir d'autres enfants, il ne faut pas en garder rancune. La vérité est que je n'en retiens pas même un prénom, de ces petites brutes, pourtant ils ne m'aimaient pas, ça non alors, ils s'étranglaient de rage, à me voir si sage, si lisse, si loin. Plus proche. Les vexations, les méchancetés lors des repas

dominicaux, avec la famille, la famille élargie je dirais, au-delà des parents, de la fratrie. Une monstruosité, la famille élargie. Existe pas. La famille, c'est tout près, tout le temps, longtemps. Il faut prendre l'habitude d'aimer l'ordinaire ou le moins bon chez les gens que l'on fréquente, c'est pas immédiat, c'est du boulot. Alors l'oncle stupide, qu'on voit au plus une fois par mois, la grand-mère teigneuse, qui se permettent le persiflage ou l'injure sous prétexte d'intimité, tout en se protégeant du bouclier de leur aînesse, ils peuvent bien crever la gueule ouverte, j'en ai rien à foutre. Il se trouve que, justement, ils sont tous crevés ou tout comme, alors il n'y a pas d'énergie à gâcher là-dedans.

Dans l'autre sens. À reculons du bout de ma vie. Qui c'est, le dernier méchant dont j'ai entendu parler ?

Le chien soupire. Pour me mettre sur la voie. Il se signale. Le dernier méchant dont j'ai entendu parler, c'est lui qui m'a raconté, enfin presque. Le chien, on l'a récupéré, une saisie dans un élevage. Un élevage industriel, je crois que c'est le terme consacré. Des centaines de chiens, dans une pâture, clôture électrique, distributeurs automatiques pour la bouffe, une dizaine de gourbis en tôle, faudrait pas que la marchandise s'abîme sous la pluie ou la neige, et roule ! On ramasse les chiots de temps en temps, les camions les débarquent dans les animaleries, les zoos du pauvre dans des zones commerciales sordides. En voilà un business reluisant, qui flatte la grandeur de l'Homme. Faut voir comme il était, le chien, quand il est arrivé. Tout dégueulasse. Planqué, s'écrasant sous les fauteuils, les tables. Des accès de panique, quand il était à découvert. Genre, un sous-marinier psychotique. Pendant des jours, on le localisait à l'odeur, jusqu'à ce que je puisse le toucher, puis le décrotter un tantinet.

J'entends déjà les bonnes âmes qui s'émeuvent, enfin, le sort d'un chien, c'est bien triste, mais quand on pense à tous ces petits enfants qui meurent... Si elles savaient. Pire que les chiens : les poules en batterie. Affreux, les poules. Les bestioles pourrissent sur pattes. Qu'est-ce que ça demande, une volaille ? Un peu d'air, un peu d'herbe ? Une cuillère de semoule dans une boîte à chaussures, c'est un monde qui s'ouvre à elles. Et vous croyez, qu'incapables d'offrir une vie décente à une poulette, on est de taille, pour le gamin au gros ventre ? Les Hommes, pour leur ouvrir un monde, apporter la lumière, c'est autre chose que les chiens et les poulets, il faut faire mieux que la promenade du soir ou le carré de verdure. Un soupçon plus complexe. Alors avant de discuter priorités, m'est avis qu'il faudrait estimer la capacité à faire. Commençons juste avec les chiens et les poulets, je dirais. Un galop d'essai. Allez, je commence.

J'ai l'adresse de l'élevage du chien, dans mes papiers. En tant que tomahawk du Manitou, mon premier coup en pleine lucidité, disons.

Endroit isolé, on évite les nuisances. J'entends les bestioles geindre et hurler. C'est lugubre. Bâtiment en parpaings. Il y a une porte. Pas de sonnette. Je frappe.

« Qu'est-ce que vous voulez ? » Il est arrivé depuis le parking attenant sans que je l'ai vu ni entendu. J'ai sursauté.

« Bonjour monsieur !

— Qu'est-ce vous voulez ? »

Oh, ce ton.

« Vous vendez des chiots ?

— Des chiots. Oui. Mais pas à vous.

— Je peux payer, vous savez. » Il y a une enveloppe dans ma poche. Je sors l'enveloppe pour lui montrer.
« Vous vous croyez où ? Au souk ? Vous croyez que j'ai besoin de vous comme cliente ? Pas de client particulier. Au revoir madame. »
Sa veste, elle coûte la moitié de mon salaire, au vieux coquet. Non, il n'a pas besoin de mon enveloppe. Surtout qu'il n'y a pas de sous dedans en vérité, juste des alexandrins.
« On m'a dit que vous vendiez des chiens plus âgés... Des retraités en quelque sorte... Mâle ou femelle ça m'est égal. Tout l'amour que ces bêtes ont à donner...
— Si vous ne dégagez pas maintenant je vais appeler les flics, c'est une propriété privée ici.
— Non... je vous laisse.
— Je vous préviens, si je vous vois encore ici, j'appelle les flics. Je vois bien ce que vous essayez de faire. Vous êtes en train d'enregistrer ? Vous croyez que je ne peux pas me défendre ? Je les connais, les baba-cool dans votre genre. On préfère faire chier les gens en s'agitant dans des associations et vivre des allocs, plutôt que se débrouiller tout seul ? C'est trop difficile de se creuser les méninges pour s'assumer ? Foutez-moi le camp ! »
Baba-cool, moi ? Je vis une expérience extrême de relativisme culturel.
« J'ai compris, au revoir monsieur. »
Il était tout pourri, mon plan. Je me suis dirigée vers la voiture. Il a attendu que je démarre pour entrer dans le bâtiment.
J'ai roulé pendant cinq minutes sur la départementale déserte et brouillardeuse. Puis j'ai fait demi-tour. Je glisserai l'enveloppe, avec le poème, sous la porte.

En voyant le fossé plein d'eau à côté de la route, j'ai su que ça marcherait.

Maintenant que j'ai une méthode, tout va se passer parfaitement.

Je l'ai faite, la liste.
J'ai procédé avec méthode. J'ai repéré, ajusté, pour être un outil plus efficace. Comme je m'y attendais, à chaque coin de rue, je trouvais de quoi alimenter la liste.

L'août où je suis née n'apprend pas à semer ; à ce moment-là pourtant, j'ai semé mes mots, flonflons, bobards, séché ce chiendent des quais de gare, cacheté, envoyé. Bétonnés, les marais ? Une déclaration tordue dans son courrier. Des pilules distribuées devant le bahut ? Un mot chelou sur le parebrise. Escroquer les mémés : une autre chanson glissée sous la porte. Je suis épuisée, mais je peux tout, je suis partout, des fois il s'agit d'aller plus loin que le village d'à-côté, alors je fais de la magie de poète, mon Millenium Falcon, quand je veux il décolle. T'imagines si ça m'impressionne, les berlines noires, les grosses montres tictaquant au ras du sol, tout pareil, peuvent aligner leurs billes, moi dans ma poche y'a des planètes.
L'issue n'est pas systématique. Certains ne seront pas atteints, ne s'effondreront pas, je le sais. Je ne cherche plus à comprendre, je sème, c'est tout.

J'ai des poèmes un peu cassés, rancis, qu'il ne me déplaît pas d'abandonner dans les caniveaux ou sous la pluie, voués désormais à cet usage :

J'ai dit si l'homme te bat
fuis s'il t'ignore sauve-toi s'il parle
comme le serpent fuis encore
S'il ne fait rien de tout ça,
Assure-toi qu'il n'est pas mort.

Et par exemple :
Tu es si
faible si chaud le sang
Ensommeillé tu sens
mes lèvres sur ta bouche
Quand tu dors je suis
le grand requin blanc
qui te touche.

Je ne suis pas sûre d'en avoir suffisamment pour tous. Est-ce que certains mots pourraient servir plusieurs fois ? L'ordinaire, ils ne s'usent pas, les mots… Pourtant, en guise de clous, servent qu'une fois, forcément… ou pas.
Désormais, je ne peux pas en écrire d'autres, des poèmes. Même si je le voulais. D'abord, les nouveaux auraient-ils les mêmes propriétés que cette fournée-là ? En vérité, je ne peux plus écrire, je suis simplement épuisée. Moins multitâche que je ne le pensais. D'ailleurs je ne rêve plus. Inaccessible, ma petite maison sur la falaise. Je suis toute concentrée sur ma nouvelle mission. Mon travail.
Heureusement, c'est les vacances.
Le premier jour, j'ai dormi quatorze heures.

Je réfléchis au menu de Noël depuis des semaines. Marquer le coup, pour les mouflets. Désormais, chaque année j'envisage les noëls qui restent, avant que la grande n'ait à se partager entre sa famille et celle d'un compagnon. L'idéal serait que ma fille s'acoquine avec un orphelin, j'imagine… Non. Priver mes petits-enfants de grands-parents paternels, c'est dégueulasse. Que les grands-parents paternels ne fêtent pas Noël, qu'ils n'organisent pas de chasse aux œufs à Pâques, ça suffit. S'ils pouvaient faire l'impasse sur les tartes aux pommes et les parties de ping-pong, aussi. Qu'ils n'aiment pas jouer à la bagarre, en pyjama, le samedi matin. Des grands-parents un peu gâteux. Formidable. Mais bienveillants, avec un côté utile, une aptitude qui m'échappe, pour parfaire l'éducation des petits. Le tricot, par exemple, ou la broderie, j'ai toujours trouvé ça chiant comme la mort, le tricot, pas pu enseigner à ma fille autre chose que le point mousse. Ah ! Le golf ! Incomparable, il paraît, pour réaligner le corps et l'esprit, moi ça me déprime, mon esprit n'a pas envie de s'aligner tant que ça, on dirait. La première fois que je les rencontrerai, les parents de mon gendre, le mieux serait que papi soit habillé comme Tintin, que mamie ait un canevas qui dépasse de son cabas. Ou le contraire. Surtout, aucune manifestation d'attachement aux célébrations de la culture chrétienne. Des communistes, peut-être. Voilà : Maïakovski, bienvenue. Par contre, le golf, m'étonnerait pas que ce soit un loisir de contre-révolutionnaire, ça va pas être possible. Tout réfléchi, des athées, je ne préférerais pas. S'acharner à nier l'existence de ceci ou cela, sous prétexte qu'on en a pas l'expérience, ça ne me paraît pas très sain. Imagine ce qu'ils pourraient raconter aux petits, ah non, un gendarme dans la famille, on n'a jamais vu ça, finis ton droit, tu seras avocat, ou alors, y'a que des sylphides chez nous, laisse ce clafoutis, ou j'étais nulle en maths, tu tiens ça de ta mamie ma pauvre petite.

Des agnostiques, comme toute personne raisonnable. De culture bouddhiste, rapport aux problématiques d'agenda. On va super bien s'entendre. Ils pourront avoir les petits une semaine par an, pour la fête de la pleine Lune.

En attendant, elle ne va pas se faire toute seule, ma terrine de lotte. Je pourrais faire des petites galettes de riz au safran, pour accompagner. Cette histoire de bouddhisme, ça m'inspire.

J'aimerais que mon fils fasse la tambouille avec moi. La grande, c'est exclu, elle bosse ses cours comme d'habitude, le goût de la compétition, ne pas être sur le podium, pas envisageable. Ne pas être sur la première marche tout le temps, déjà, c'est compliqué : des récriminations à n'en plus finir, pour un demi-point litigieux que cette andouille de prof n'a pas accordé. Pire encore depuis que la mère sert l'Éducation Nationale : le spectre du boulot misérable, subi, pour quelque paresse adolescente à laquelle on se serait laissé aller. Pas question. Au lycée comme à la guerre, la grande, le couteau entre les dents. Lapin, lui, à tendance à s'échapper. On ne lui a pas demandé s'il était d'accord pour jouer, à cette histoire d'école, de collège, et tout ce qui s'ensuit. Il lance les dés du bout des doigts, pour faire plaisir, soulagé quand la partie s'interrompt, le temps d'une récréation ou des vacances. Parfois je le sens sur le point de faire voler le plateau, les cartes ; il culpabiliserait trop de décevoir sa mère, il ronge son frein. Rien d'autre à lui proposer, hélas, il faut qu'il trouve tout seul. Il est jeune encore. Il faut patienter.

Mon fils m'aide, à condition que cela ne dure pas trop longtemps. Je joue sur la corde sensible en prétendant que je n'y arriverai pas sans lui. Quand il s'agit d'écrabouiller ou de malaxer, ça passe. Je perds un temps fou.

Nous réveillonnerons ce soir. Nous ouvrirons les paquets cadeaux ce soir. La bûche au chocolat ce soir. Que va-t-on pouvoir faire d'ici ce soir, qui vaille la peine d'être fait ! En réalité, attendre. Puis, quelques heures avant le coucher du soleil, marcher sur la crête. Deviner le lac, au loin. S'émerveiller, comme d'autres rives semblent accessibles, d'en haut. S'interroger, quels autres sont passés là, ont ressenti les mêmes émotions. Des hommes préhistoriques. Chaussés de pantoufles en moumoute, fourrées d'herbe sèche, il paraît. Comment ne pas glisser, ne pas s'enfoncer dans la neige ? Des raquettes. Branches savamment cintrées, tendons de cerf ou de tigre. Ils admiraient les mêmes paysages. Ce gros bloc était déjà là, ils se sont abrités contre son flanc. Entre deux histoires de mammouths, nous yodlons sauvagement, telle une triplette de gobelins ivres. Nous redescendons vers le parking, dépassons les groupes épars de skieurs encombrés de leur matériel. Des enfants avec leurs luges, dont les parents espéraient que l'excitation céderait à la fatigue. Leurs yeux brillent davantage, sans doute elles s'écrouleront d'épuisement, les chères têtes blondes, mais pas avant d'avoir jeté leurs dernières forces en vibrionnant joyeusement.

Dans les flammes, une demi-livre de noyaux de litchis explose avec des détonations terribles. Nous inspirons avec application, pour distinguer des effluves particuliers, exotiques, que dégageraient les noyaux grillés. C'est peine perdue, l'odeur du chocolat, du bois qui se consume, du sapin, des oranges piquées de clous de girofle, l'air est saturé de parfums, la pièce est repue d'arômes de saison, comme nous sommes rassasiés, assimilant la débauche passagère de présents et de friandises. On attend minuit, pour dire qu'on a veillé, même si l'on attend les yeux mi-clos, glissant dans l'affaiblissement du sommeil, on se secoue par intermittence, avec un vertige, pour voir si les autres dorment déjà. À chaque tressaut hors de l'engourdissement je savoure l'instant. Puis, juste avant de basculer, lorsque l'on n'a plus le courage de charger l'âtre, lorsque l'on consent à céder au passé les foisons de délices, c'était une bonne soirée, nous titubons vers nos chambres, nous encourageant entre deux rires à bien dormir, tels des culbutos enjoués.

Le grand cadeau offert par la jeunesse, c'est le rythme. En vieillissant, il arrive que l'on se soustraie à la trame du temps. On saute quelques repas sans y prendre garde, des nuits qui vous échappent, captées par l'insomnie. On peut dévier imperceptiblement, jusqu'à s'apercevoir que le retour n'est plus possible, il ne reste plus qu'à se hanter à l'occasion, béquiller sur un tas de cachets ou de remontants. Impossible de dévier avec les enfants. Leur temps est trop neuf pour que des mailles aient sauté. Si tu dévies, ils te ressoudent aussitôt les matins avec les après-midi, les jours avec les nuits, à grands coups de j'ai faim, quand est-ce qu'on mange, on n'irait pas se coucher et t'as dit que tu m'emmènerais aujourd'hui. Très sain. Très vivifiant. J'ai donc eu dix jours bénis de cure, pendant ces vacances.

La veille de la rentrée, j'ai poussé le souci de moi jusqu'à me tartiner la nuque d'un emplâtre concocté par la grande. Depuis que nous nous sommes mis au vert, elle a des velléités d'herboristerie. La cuisine déborde de boîtes pleines de feuilles séchées. Régulièrement des bouteilles de liquides malodorants apparaissent dans le réfrigérateur. Anti-acné. Hydratant. Vermifuge pour les poules. Dans tous les cas, ça fait un bien fou au compost. Cette pâte marron, c'est la panacée pour les douleurs aux cervicales, promis. On laisse sécher une grosse couche, quand on croit qu'on ne pourra plus jamais la retirer, c'est fini, on enlève à l'eau tiède, soulagement garanti.

Assise sur le bord de la baignoire, je patiente. J'écoute la compil des chansons qui ont fait danser votre été. Je tape du pied en écoutant le chanteur se lamenter sur son amour, parti dans les grottes avec le loup. Une rouquine, probablement, vu que le type kiffe ses éphélides. Il aurait dû se méfier, une peau diaphane, supporte pas le soleil, pas étonnant qu'elle finisse dans une grotte. Fatum. Bizarrement, on compatit quand même, même en sachant qu'il l'a bien cherché, m'étonnerait pas qu'il y ait un peu de vaudou, dans ces histoires de chansons. Les tubes s'enchaînent, le cataplasme ne fait pas mine de sécher, quelques écailles sur les bords, seulement. Je me rapproche du miroir, histoire d'inspecter ma bobine, pour pouvoir me reconnaître si je me croise dans le reflet d'un abribus. Je me frotte les joues pour faire monter le sang, et comme mes doigts sont posés sur ma mâchoire, le bout de mon pouce s'imprime sur mon cou. Il y a un truc bizarre, là. Sur le côté. Comme une petite boule qui glisse. Je parierais n'importe

quoi qu'elle n'était pas là le mois dernier. Une grosseur. Est-ce que c'est ce que j'ai écrit ? Le sort que j'ai jeté par inadvertance qui se retourne contre moi ? J'évite les baignades, alors le Grand Esprit a trouvé autre chose.
Moi qui me trouvais un regain de vivacité depuis quelques jours ! Quelle ironie ! Je n'irai pas chez le médecin, évidemment, je suis atteinte de ce type d'hypocondrie lâche qui m'empêche de mettre les pieds chez un professionnel de la santé, tant je redoute qu'il me trouve quelque mal plus terrible encore que celui que j'ai imaginé. Aller chez le médecin, pensez, autant commander le cercueil directement, je préfère ignorer s'il me reste deux mois ou plutôt trois. La panique me gagne. Puis le désespoir, je m'avachis contre le mur de la salle de bain en chouinant, je vais mettre de la pommade dégueulasse partout. Il me faut de longues minutes pour reprendre une contenance. Je suis misérable, je m'écoute trop. Seuls les enfants comptent. Que dire aux enfants ! Rien. Je leur manquerai, mais après, ils n'auront plus peur de grand-chose, sûrement.

L'évasion minutée entre deux cours. Le banc sur lequel je m'assieds d'ordinaire, quand je viens ici, est occupé. Un vélo est à moitié appuyé contre l'assise. Le fâcheux cycliste tourne nonchalamment les pages d'un livre épais. Emmitouflé, installé pour un moment. Inutile de ralentir le pas en espérant qu'il se lève avant que j'atteigne le siège. Je le dépasse. Un peu plus loin, dans ce bosquet, un arbre abattu fera office de banquette. J'écarte les ronces puis m'assieds. Je ne suis qu'à quelques mètres du chemin, néanmoins dissimulée, invisible aux yeux des promeneurs. J'entends le babil d'un garçonnet de six ans au plus, il tournoie autour de son grand-père. Le grand-père, très droit, chapeauté avec style, un profil d'aigle. L'enfant, les joues rougies, une bouille de réclame, un sourire qui réchauffe le cœur. Une image d'Épinal. Le gamin grimpe sur une barrière si parfaitement adaptée au rôle de perchoir qu'il serait sacrilège de ne pas s'y jucher. Le grand-père ne s'y risque pas, soit qu'à ses yeux la démarche manque de dignité, soit qu'il ne soit plus assez souple pour faire de même. Il reste à côté, comme un vigile résigné. Il surveille dans les battements de jambes du petit-fils les prémisses d'une perte d'équilibre éventuelle. Il se tient prêt à parer la chute. Un labrador énorme vient se coucher aux pieds du gamin. Le garçon caresse la tête du chien du bout de sa chaussure.

« Je me demande ce qui va se passer quand tu seras mort... » dit le petit.

Les interrogations de l'enfance sur ce qui se passe après. Est-ce que pépé, mamie ou le cousin machin me feront signe depuis les nuages. C'est émouvant. Comme cela résonne en moi ! Surtout depuis la découverte de cette... boule... Pour ma part, j'ai déjà convenu avec les enfants, il y a fort longtemps, des signes que je leur adresserai, si l'au-delà me le permet. Enfin, à la grande seulement. Mon fils ne souhaite pas de signe, il trouve ça trop flippant. Un bisou fantomatique ? Non, merci.

« Qui va s'occuper de Toby, quand tu seras mort ? Je pourrais l'avoir ?

— Qui t'a dit ça ? Qui t'a dit que j'allais mourir ? C'est ton père ? »

Le grand-père a un regard positivement effrayant. Au bord de l'apoplexie, il s'apprête à nier farouchement la possibilité qu'il meure un jour. Je crois même qu'il est tout prêt d'engueuler le garçonnet, ne raconte pas de sornettes, de mon temps les petits affabulateurs étaient corrigés... Dans ce cas, faudra-t-il que je jaillisse d'entre les buissons pour secourir l'ami des animaux ? Est-il spontané ou cynique, ce petit ? Je ne parviens pas à trancher. Les deux, probablement. Mal élevé, aussi.

« Oui, il dit ça, mais moi aussi je me dis ça. Et maman aussi. Je pourrais avoir Toby ?

— Je ne crois pas, ton père n'accepterait pas un chien chez lui.

— C'est pas grave, je le laisserai dans ton appartement.

— Tout seul ?

— Mais je viendrai le voir tout le temps !

— Il en a de la chance... De toute façon, souvent les animaux dépérissent et meurent de chagrin, quand leur maître disparaît. Je ne crois pas que tu aurais à t'occuper longtemps de Toby. »

Les épaules du garçon s'affaissent soudain. Il descend de la barrière pour enlacer Toby. Puis le trio reprend son chemin. Le grand-père me semble plus voûté, lui aussi.

Surtout, que je n'endure pas ce genre de malentendu avec mes enfants. Dès ce soir, je leur refais un topo sur qui aura quoi, obligé, rapport à la grosseur. Je leur parle souvent d'héritage, ça ne risque pas de les perturber. Je vais mettre mes affaires en règle.

Je dois faire les petites choses évidentes, avant d'oublier, aussi. Cet après-midi, j'ai déposé un prospectus dans le casier de monsieur Gruffy. Un prospectus pour un club de vacances adults only.

« Les étiquettes rouges, c'est pour toi, ma grande. Les bleues, c'est pour toi, Lapin.

— Ah non, le tableau avec la ferme, c'est pour moi !

— Mais tu as le vase en cristal de ma grand-mère.

— Ouais, ça vaut.

— Les étiquettes jaunes, c'est ce qui vaut un peu de sous. Ne bazardez pas n'importe comment.

— Bazarder, tu veux dire donner ou vendre ?

— Ben si c'est des étiquettes jaunes, on ne va pas les donner, banane. Combien ?

— C'est variable. Vous vous renseignerez plus tard.

— Genre, dix mille euros ?

— Je ne crois pas, non. Il n'y a rien qui vaille beaucoup d'argent ici, mes chéris. Les étiquettes vertes, ce sont des souvenirs. Ce serait dommage de bazarder. »

Mes souvenirs à moi plutôt que les leurs, évidemment. Ils bazarderont, probablement, mais je leur dis quand même.

« Et quand il n'y a pas d'étiquette ?

— À bazarder. Enfin, vous vous débrouillerez.

— Tu pourrais mettre une étiquette bleue sur le canapé, quand même, je voudrais le garder pour quand j'aurai ma maison.

— Attends, Lapin, il sera tout démonté, le canapé, quand tu auras ta maison.

— On ne sait pas. Et puis si ça tombe, on en fera plus des comme ça, à ce moment-là.

— S'il a le canapé en plus, je prends le fauteuil !

— Si c'est comme ça, on met des étiquettes sur tout.

— Le problème, c'est que quand il faudra partager, certaines de ces choses ne seront plus en état, les cocos. Ce ne sera pas juste.

— Mais le vase en cristal aussi, il sera peut-être cassé, d'ici-là. »
On ne peut être sûr de rien. Peut-être que le vase sera cassé. Que la maison aura brûlé et qu'il ne restera rien à partager. Mais j'aurais fait ce que j'avais à faire.
Au moins, comme je fais tirer toutes les photos en double depuis des années, pas de question à se poser à ce sujet.

Je suis allée voir le médecin, finalement. Pour avoir un peu de temps pour régler mes affaires. Le seul qui accepte encore des patients, c'est un interne en médecine générale, à la maison de santé du village. Tant mieux. Il me fait moins peur que les autres, il a l'air d'y croire encore, il sourit, il est délicat. Généralement, j'aime assez à flatter les médecins, pas un métier facile, j'imagine qu'on doit glisser vite de l'humilité à la résignation, alors faut les encourager, surtout les jeunes. Je prends garde à les saluer onctueusement, les médecins, bonjour docteur, au revoir docteur, jamais monsieur ou madame. Corollairement, les arrogants dans cette profession, me sont insupportables. Il y en a qui sont contents d'eux, incroyable, comme si ça ne purulait, suintait, crevait plus aux quatre coins du monde, comme si le boulot était fini. D'après mes statistiques personnelles, moins ils sont utiles, plus ils sont fats. Je liposuce des cageots, baisez-moi les pieds. Tenez, ma première grossesse, l'anesthésiste, un homme. Je lui ai dit, la péridurale, quand on m'ouvrira le genou, plutôt. Il s'est fâché, tu penses, combien ils risquaient de lui coûter, mes atermoiements. Dans un raidissement, il a osé : vous n'imaginez pas à quel point ça fait mal, madame ! Eberstouflée, j'étais.

Le jeune médecin, je ne lui ai pas parlé de la boule dans le cou, je lui ai dit qu'une crise d'arthrose me faisait souffrir. Comme il m'a rarement vue, il pense que je viens le voir seulement si c'est vraiment sérieux. Il a raison. J'ai un arrêt de travail de dix jours. Une ordonnance pour des séances de kiné, que je ne ferai pas, celui qui va me malaxer les cervicales, il n'est pas né. J'ai du paracétamol, aussi. Dix jours, de quoi finir de mettre les choses en ordre. J'ai renvoyé au rectorat les papiers pour déclarer les enfants. Pas fait avant, je me persuadais que j'allais trouver un vrai job bientôt, alors ça ne valait pas le coup. Il y a un chèque de douze euros qui traîne depuis deux mois sous la coupe à fruits dans la cuisine, le remboursement partiel d'une commande de livres partiellement honorée, je suis allée le porter à la banque, un quart d'heure de voiture exprès. J'ai fait du tri dans les médicaments, j'ai apporté les périmés à la pharmacie. Je me suis désinscrite d'une vingtaine de listes de diffusion de mail, qui m'ont cueillie lors de mes vagabondages sur internet. Beaucoup plus artificiels qu'intelligents, les machins. Des mails pour m'aider à perdre dix kilos avant l'été, choisir une robe, m'informer que Youssef et Shantale de *l'Hôtel Des Passions* se sont mariés en secret. Une catastrophe, ces mails. Youssef et Shantale mariés en secret, deux kilos de rillettes de thon dans les petits fours, trente tonnes de CO_2 en guise de faire-part électroniques. Sinon, j'ai appelé des gens que je connais, à qui je n'avais pas donné de nouvelles depuis six mois ou un an. Ceux que je n'ai pas pu joindre par téléphone, je leur ai envoyé un mail, asynchronie je t'aime, pratique, pour le copier-coller. J'ai fait changer la pile de la montre, donnée par ma grand-mère, que j'ai promise à la grande. J'ai fait une tarte avec le sac de framboises qui restait au congélateur. J'ai nourri les poules avec des boîtes de pâtée au bœuf en promo, traînant dans le placard depuis un an, dédaignées par le chien. J'ai mis un écriteau poules méchantes sur le poulailler, au cas où les dents leur auraient poussé, en réaction.

Ces petites choses, avec toutes les autres petites choses, ça m'a pris un jour plus une nuit. Après j'ai mis en règle les choses plus importantes. J'ai arraché le lierre agrippé au grand chêne dans le jardin. J'ai fini la fresque du garage. Maintenant Rutger a un chapeau noir, un balai en paille. I want more warts, father ! Je me suis adressé un courrier, soigneusement cacheté, avec mes manuscrits d'avant le manuscrit maudit. Je ne l'ouvrirai pas, c'est pour la postérité. Enfin, ma postérité à moi, qui s'inquiète de me voir m'agiter alors que suis sensée être au repos, et qui zapperait volontiers le collège et le lycée pour me chaperonner. Tout l'inachevé, je l'ai brûlé.
J'ai rangé le manuscrit galeux dans une boîte.

Une visite à Muriel, pour la prévenir de mon absence des prochains jours, une fois n'est pas coutume, si les enfants en ont besoin, ils viendront les voir.
Il me reste huit jours pour régler l'essentiel.

Je me suis arrêtée dans une station-service vers une heure du matin. J'aime assez ces endroits, surtout la nuit. Les grandes stations-services, habitées nuit et jour. D'abord, des oasis sur la route, l'idée du repos, du temps suspendu. Ensuite, l'esthétique de ces endroits, la lumière unique des rampes d'éclairage éclaboussant le macadam, l'alignement impeccable des pompes et des voitures sur le parking, comme des lignes de perspective luisantes, le verre des portes qui s'ouvrent sans bruit. Le carrelage blanc à l'intérieur. Je regrette toutefois que dans les sanitaires, le parfum si propre de javel soit effacé, au profit d'odeurs artificielles de lavande ou de jasmin -une irruption de l'hypocrisie petite-bourgeoise, qui refuse de reconnaître la nécessité de l'antisepsie. Sur les étagères, les paquets de chips, les bouteilles de soda, les paquets de biscuits, les magazines. Si j'avais un amoureux qui me ressemble, nous pourrions vivre là, le temps que le monde s'écroule, nourris de croustilles goût cacahouète et de tonic. Avant de pouvoir reprendre la route, à chaque anniversaire, on s'offrirait un porte-clefs avec notre prénom, ou bien juste marqué « Super râleur », « Princesse », « Chaton » si on ne trouve pas, ou un gilet jaune, sinon un sac isotherme, un désodorisant de rétroviseur. Je ne crois pas que toutes les stations-services vendent des vêtements, il faudra être nu parfois, lorsque nos vêtements seront sales, on les lavera dans les douches des routiers avec le liquide lave-main, puis les vêtements sécheront sur le comptoir à viennoiseries. S'ils coupent le chauffage, on s'enveloppera dans des couvertures de survie, bruissant, brillant, métallisés comme des pèlerins extragalactiques. On voyagerait en parcourant les cartes routières, on rigolerait en se lisant les meilleurs extraits des best-sellers de l'été. Note pour moi-même : ne pas oublier de vérifier qu'il y a des stylos et du papier avant de s'installer.

Le meilleur, ah oui, le meilleur, les distributeurs automatiques de boissons chaudes. Thé citron, chocolat, café long décaféiné, chocolat vanille, expresso, cappuccino... un choix fabuleux de breuvages... souvent sucrés, toujours brûlants, toujours curieux.

J'ai pris un mocaccino.

C'était il y a longtemps, mais il faut que je sache ce qui s'est passé, je sens confusément que cela pourrait avoir un rapport avec la malédiction, avec tout ce qui m'est arrivé ou m'arrive. Il n'y a qu'une personne qui sache évidemment, ma mère, elle était là quand il est né et elle était là aussi quand il est mort, en quelque sorte la boucle a été bouclée, en tout cas si l'on conçoit nos vies comme ça, comme des lacets avec deux extrémités, effilochés ou appariés, plus ou moins longs plus ou moins ronds plus ou moins décoratifs. C'est pour ça que je traverse la moitié de la France, lancée sur l'autoroute comme sur un tapis de billard. J'aime prendre le train, mais il n'y a pas de gare là où j'habite ; puis la belle liberté de régler son allure, de choisir le chemin, de se perdre en route. C'est difficile de se perdre quand on prend le train, il faut y mettre beaucoup de volonté. À l'étranger, par exemple, si l'on ne parle pas la langue, de sorte que l'on ne comprend pas le nom des arrêts annoncés. Dans ce cas, on aura pris soin de ne pas regarder la carte du réseau, l'affichage en station, dans les rames. Sinon, ne pas savoir où l'on veut aller. Prendre un train au hasard. Mais dans ce cas, n'est-on pas perdu avant de prendre le train ? Outre l'agrément qu'elle procure en elle-même, la conduite automobile me semble également un excellent moyen de diagnostiquer mon état de forme. Cent-soixante kilomètres par heure, frontière de ma zone de confort. Cent quatre-vingt, c'est trop, il faut accepter ses limites. Entre les deux, espace de check-up. Acuité visuelle, réflexes... Je ne connais pas d'autre activité qui me soit accessible et puisse offrir ce type de stimulation. Chasser le lièvre, peut-être. Quelque chose impliquant une cible mouvante, dans tous les cas.

Je n'ai pas résisté au plaisir de faire un détour par Paris, puisque j'y arriverai avant l'aube, avant que la ville ne soit engorgée par les piétons, voitures ou motocyclistes, qui lui font des dépôts variqueux un peu partout, dès six heures. L'autoroute du Soleil. C'est agaçant que l'on n'ait pas imaginé un nom pertinent dans les deux sens de circulation. À ce jeu-là, l'autoroute Blanche s'en sort mieux. Ou l'autoroute Verte. D'ailleurs personne, personne au grand jamais ne dit : « je roule sur l'autoroute du Soleil ». Je propose l'autoroute Violette. Marche dans les deux sens. Cohérence, tant avec la couleur des vesprées franciliennes, qu'évocation des asphyxiés du tunnel de Fourvière.

Le périphérique. Pas question de contourner. Quai de Bercy. Je traverserai, j'irai jusqu'à la Porte de la Chapelle. Je roule lentement, j'ai des émois ridicules devant une devanture connue, une station de métro. Malgré la nuit qui magnifie, tout me semble plus sale, pourtant.
C'est l'habituation à la province. Tout est plus propre, en province. Plus propre. Plus lent. L'air est plus vif, mais pour le reste…
J'ai quitté les banlieues, et à mesure de mon éloignement, l'air prend une qualité particulière, familière, plus frais, plus enveloppant. Le soleil s'est levé, je reconnais aussi les gouaches du ciel, tellement plus nuancées, plus subtiles. J'ai quitté l'autoroute pour en profiter tout mon saoul. La plaine laisse le vent lâcher ses rouleaux sifflants. Ils déferlent de chaque côté de la route, comme pour défier le voyageur de s'arrêter. Les villages ramassés autour de leur clocher, séparés par les coulées vertes et bistre des champs, se déroulent à la fenêtre. Il semble que la platitude du bassin les offre tous à la vue, ces villages, francs, bien rangés. À quelques rues de l'église, déjà la périphérie du village, s'alignent les coquettes façades de brique des maisons de la cité, toutes identiques. Chacune m'est familière. En pensée j'ouvre les portes, je franchis le couloir, juste l'espace pour se défaire du pardessus, de la coiffe, la porte minuscule dissimulant l'escalier de la cave puis la salle, dont les vitres qu'on aura teintées donnent sur la rue. Dans le prolongement la cuisine, on a cassé les cloisons, pour faire moderne, permettre à la lumière de traverser les pièces. À côté de la cuisine, la salle de bains, si on ne l'a pas convertie en buanderie, puisqu'il y a une douche à l'étage. À l'opposé de la porte d'entrée, la porte de la cuisine donne sur le jardin, petit rectangle de

verdure exactement semblable à celui qui le borde à gauche, à celui qui le borde à droite, reflété encore par autre tout pareil sur son côté étroit, au fond. La ressemblance entre les jardins voisins s'arrête à leurs dimensions. Que peut-il y avoir, dans ce jardin ? Une balançoire, si les enfants sont petits. Un cabanon au fond, évidemment. Un potager, si on a le temps. Quelques fruitiers, pruniers ou cognassiers. Des arbres modestes en tout cas. Il y a longtemps que les forêts ont disparu, ici. Des bouquets d'arbres de loin en loin. Les bouleaux ou les peupliers colonisent peu à peu les terrils, transformant patiemment les mamelons gris en sculptures vertes, dispersées autour. Ma destination à moi a gardé sa forêt, des feuillus nourris aux limons, réchauffés par la douceur maritime.

La forêt s'annonce après une heure de route encore, on la surprend dans un pli du paysage, les conciliabules de chênes et de frênes.

La richesse de l'endroit, la variété des sites. Je ne sache pas que puissent se contempler ailleurs tant de décors dissemblables sur si peu d'étendue. En ce lieu la forêt est bordée de marais. Plus loin, là où les racines des pins têtus s'enfoncent dans le sable, on distingue le cordon des dunes, protégeant la blancheur laiteuse de la plage. Au nord, la futaie s'abouche avec la campagne du bocage, avant les champs de coquelicots puis la rupture soudaine des falaises noires ou brillantes.

Dès lors que les méandres de la route font se succéder des tableaux, si éloignés par leur composition et leurs sujets qu'on peine à réaliser qu'une lieue seulement les sépare, je sais que je suis arrivée.

J'entre dans la ville pour croiser des enfants qui se dépêchent sur le chemin de l'école, des retraités qui se pressent pour faire l'ouverture de la supérette la plus proche. Ils font leurs courses tôt le matin, les plus vieux, pour côtoyer les écoliers, toute cette jeunesse, ces rires, leur petit shoot quotidien de viande fraîche, au début les vacances à vie, qu'ils disaient, l'ivresse de la liberté après les décennies à l'usine ; puis la peur de ne plus être sur la photo, on s'accroche au cadre. Le cadre : les écoliers à sept heures cinquante, le journal télévisé après le déjeuner… Si on a loupé le train de sept heures cinquante, on prendra celui de dix-huit heures, avec les encore jeunes qui rentrent du boulot, tant pis si les jeunes pestent à cause de l'attente en caisse, ces vieux qui auraient pu faire leurs courses quand y'a personne, quand même… Ils verront quand ils auront nos âges.

Je traverse la garenne. Des barrières en béton clôturent les jardins, fraîchement peintes du blanc de la dentelure des timbres. La rue et la piste cyclable qui s'y conglutine circonvolutent éperdument. Je ralentis, une rue à droite pour contourner le cœur de la station en maintenant le cap sur le front de mer.

Le jardin de la villa est entouré d'une palissade à hauteur d'homme, de sorte que les passants sur le trottoir ignorent les agréments de la maison. Mais le plus remarquable reste visible. Son toit de tuiles plates compliqué, comme un couvre-lit boutissé qui dégoulinerait sur la bâtisse, ses lucarnes, ses croupes débordantes, les encorbellements du premier étage l'empêchant de glisser complètement. Les colombages à l'étage de comble, peints en bordeaux, contrastent avec le crépi clair. Sur la droite de la façade donnant sur la rue, une tourelle circulaire à toit conique achève de distinguer la villa. Le portillon est fermé à clef, je l'escalade maladroitement, pourvu que personne ne me voie, nul doute que les voisins appelleraient la police, l'indifférence des grandes villes n'a pas encore contaminé l'endroit. Le jardin est propre, entretenu. Des buissons d'hortensias jouxtent la porte d'entrée protégée d'un auvent. La villa comporte un fort soubassement en pierre bleue, de sorte qu'il faut une volée de quatre marches pour permettre l'accès à la porte. Je tente de distinguer, à travers les fenêtres, une silhouette, un mouvement. Je contourne la façade principale, jusqu'à atteindre le bow-window, avant de revenir sur mes pas. Il faudrait sonner, à la fin.

Je décide de contourner la villa par la gauche cette fois, un prétexte pour repousser l'échéance. La partie du jardin devant la façade Est se trouve plantée de multiples essences. Fusains, lilas, rosiers, églantiers, résineux, sans ordre apparent. Deux albizias, élégants, prétentieux, fragiles, émergent des coussins touffus que forment les arbustes. La villa est construite presque en milieu de parcelle, de sorte que chaque façade pourrait bénéficier d'une ouverture sur la même quantité de verdure. Mais l'exposition au vent obère le développement des plantations. Plus encore que le vent lui-même, tout ce dont il est chargé, le sel et le sable qu'il charrie et qui brûlent les jeunes pousses. Les jours de tempête, les grains de sable s'insinuent partout, griffent tout, les feuilles, la peinture des volets, les joues du promeneur. Des grains de sable dans les plis des vêtements, les cheveux, irritant les yeux. Comme paradoxalement un grand bol d'air qui coupe la respiration. La plage qui s'échappe vers les terres, puisque la mer, de l'autre côté, veut la ronger. Par la faute des hommes. La plage se venge-t-elle, ou nous demande-t-elle de l'aide ? Comme le nageur au bord de l'hypoxie blesse son sauveteur, en pinçant et enfonçant ses ongles dans son dos, son cou, s'agrippant violemment au corps de l'espoir qui s'est incarné. La façade arrière, exposée au Sud, est moins ornementée, pas de frise ou de corniche, mais il s'y trouve au rez-de-chaussée une galerie à colonnes d'ordre dorique qui lui donne un caractère de fantaisie. Là se trouve un banc sur lequel on ne s'assoit plus. Face à la galerie, ni arbre, ni arbuste : un belvédère en bois grisé, couvert d'un dôme en métal. Rien n'a changé. C'est tout à fait par l'effet d'une volonté : je sais la faiblesse de ces vieilles villas, la tendreté des matériaux face aux éléments. Il faut insuffler au logis une densité particulière, le surveiller quotidiennement comme on le ferait d'un parent à la santé fragile. Cette volonté, c'est celle de ma mère. Toute la maison repose sur ses épaules. Tout le monde n'est pas capable d'une telle prouesse. Certains, conscients de leurs limites, n'essaieraient pas. D'autres s'y épuiseraient. Ma mère excelle dans les tâches exploratoires du conservateur, relever la présence d'un objet, d'un détail, en faire un rapport critique. Ce qui s'ensuit, la préservation, ou à défaut le maintien dans les mémoires, elle l'accepte comme la conséquence de ses capacités particulières, le fardeau nécessaire associé au don de perspicacité qu'elle possède.

J'ai sonné. Deux minutes plus tard. La porte s'ouvre largement. Une femme se tient dans l'embrasure, une silhouette étroite, malgré les talons vertigineux, une silhouette frêle, sèche. Pourtant l'aigu des yeux, d'un bleu polaire, dément toute débilité. Le nez à peine busqué épargne la mièvrerie à ce visage à l'ovale parfait, à la peau pâle à peine ridée, aux traits fins, à la bouche soigneusement peinte. Un rouge orangé, le rouge sang n'est plus de mise, il soulignerait les ridules au coin des lèvres. La coiffure seule est incertaine. La femme devant moi persiste à se vouloir blonde, quand l'auburn de ses cheveux a depuis longtemps mué en un gris mal défini, et ses manœuvres de décoloration et recoloration ont tant altéré leur nature, qu'ils semblent quelques poignées de fibres indomptables posées par hasard sur son chef. Elle tente de les maîtriser, mèche coquée, rouleaux, l'odeur de laque juste appliquée est encore perceptible. L'odeur de laque mélangée à son parfum frais et fleuri, à celui de la crème dont elle s'oint les mains, la même depuis toujours, seulement distribuée par quelques pharmacies, celles qui vendent encore des poudres cacaotées reconstituantes, avec le profil d'un abbé replet ou d'une moniale bienveillante sur la boîte. Tout cela constitue une fragrance familière, je la reconnaîtrai entre mille, même si je constate à chaque rencontre qu'elle se fane graduellement. La faible lumière est clémente, la femme paraîtrait sans âge à un inconnu. Si je m'absorbe juste dans la contemplation de sa coiffure, de la blouse de satin rose, une horreur sans doute parvenue dans cet endroit par les manigances d'un vépéciste, du tailleur pantalon chocolat à la taille haute, au tissu souple, je peux me croire en visite à Pacific Palisades, à l'époque où Daffy Duck était une superstar. Elle était très belle, il y a quarante ans, cette femme. Pas juste jolie, ni plastiquement parfaite. Belle, c'est bien plus épouvantable. On ne comprend pas quand l'âge vous éteint peu à peu. On s'accroche, en se disant que ça ne tient pas au visage, puisqu'on a toujours eu la bouche un peu petite, ni aux seins, un peu lourds déjà à vingt ans, ni aux jambes, qui ont gardé leur galbe : lorsqu'elles sont gainées de noir, elles sont tout à fait comme elles étaient avant. Le fol espoir de maintenir ce quelque chose qu'on ne sait pas mesurer, qui se délite peu à peu, la douleur de céder sans savoir contre quoi l'on se bat au juste. Jolie, c'est facile, on ne perd pas grand-chose. Plastiquement parfaite, on peut mesurer et prendre les contre-mesures, il y a la chirurgie. Belle, c'est une malédiction. Heureusement, quant à moi, je n'ai pas été belle. Jolie, assez, quand j'étais jeune. Enfin, banalement jolie, c'était donc une déception. Que j'eusse pu être laide n'avait pas été une infirmité envisageable. Au fond de moi, j'ai le sentiment que si j'avais été belle moi aussi, elle en aurait conçu une jalousie secrète. Mais le temps a apaisé beaucoup de choses, aujourd'hui, elle espère sincèrement faire de ma fille son héritière. Elle interroge précisément le régime alimentaire de la grande chaque fois qu'elles partagent un repas, elle commente abondamment son refus de s'épiler les sourcils ou de l'accompagner chez le coiffeur. Je la vois satisfaite, lorsque la grande éclate de rire, découvrant ses dents blanches comme des perles, plissant son petit nez mignon, les émeraudes de ses yeux plus brillantes. Je ne crois pas qu'elle m'ait jamais considérée de la sorte, je m'inquiète pour ma fille. À tort, la grande a appris que la chair est périssable, on ne lui vendra pas au prix du diamant, elle ne se fera pas souffrir exprès sur le chemin qui mène inéluctablement à la désagrégation.

Cette femme n'est pas le genre de personne qui vous tombe dans les bras : ce n'est pas le genre de personne qui tombe. Ce n'est pas non plus le genre de personne qu'on dérange ou qu'on surprend. Essayez un peu de tirer la queue de la panthère, pour la blague. Je vois que la surprise d'être dérangée si tôt s'estompe, la surprise de me voir, moi, prend le dessus. J'hésite, je ne suis pas sûre que ce soit une bonne chose. Voilà, je n'avais pas le choix, c'est maintenant que je mets mes affaires en ordre, des affaires à tirer au clair, et il n'y avait pas d'autre moyen que de venir te voir, te parler... Je n'ai rien dit encore, j'ai déjà envie de m'excuser. La maison est grande, on ne se gênera pas. Je ferai la lessive de mes draps avant de partir, le ménage de ma chambre et de la salle de bains, promis. Je souris :

« Bonjour, Maman. »

Elle se redresse.

« Ah, mais que se passe-t-il ? Les enfants vont bien ?

— Oui, tout va bien.

— Tu ne travailles toujours pas ?

— Pas en ce moment, je pensais passer quelques jours ici, profiter de l'air iodé.

— Qui s'occupe des enfants ?

— Des amis, pas de souci, je ne vais pas rester très longtemps. »

Elle fait la moue. Elle désapprouve, évidemment.

« Tu as de la chance, je n'avais rien de prévu cette semaine. Tu aurais pu m'avertir quand même.

— Je voulais te faire une surprise.

— C'était risqué, je ne suis pas là tout le temps, tu sais.

— Je comptais un peu sur la chance.

— Tu aurais pu trouver porte close.

— J'aurais dormi à l'hôtel.

— Dans ta situation, je ne sais pas si c'est bien raisonnable de faire autant de frais.

— Maintenant que je suis là, je peux rentrer ? »

J'essaie de faire bonne figure.

« Tu peux t'installer dans ton ancienne chambre. »

Faudrait pas que j'imagine que je suis toujours chez moi.

« Tu avais un programme pour aujourd'hui ?

— Olivier doit venir tailler les arbustes vers quinze heures, il faudra que je sois là pour lui donner son chèque. J'ai mon cours d'art floral à dix-sept heures trente.

— OK. Je vais m'allonger une heure, j'ai roulé une bonne partie de la nuit.

— La chambre n'est pas prête.

— Je vais m'en occuper.

— Il faut que je sorte des draps.

— Je vais m'en occuper, ne t'embête pas.

— Tu ne vas pas savoir quoi prendre, je vais le faire. Tu peux venir avec moi. »

Nous traversons le hall. À gauche, la cuisine. À droite, une grande salle à la fois salon, bibliothèque, salle à manger et bureau. L'escalier de bois au fond du hall mène à l'étage où se trouvent les chambres. Une énorme armoire bressane trône contre le mur du palier. Ma mère en sort une pile de draps et un oreiller.

«Tu te souviens où est la chambre ? »

Bien sûr. Le palier, puis le couloir. Il y a trois portes à gauche du couloir. La buanderie, une salle de bain, un dressing. Cinq à droite, les chambres, celle de ma mère, la première. Elle est plus près de la sortie, en cas d'incendie. La mienne, c'est l'avant-dernière. Une chambre d'enfant doit être moins exposée aux bruits éventuels qui viendraient du hall ou du salon. Et puis, plus tard, le sentiment d'indépendance, d'être si éloignée de la chambre parentale ! Si cela avait été possible à l'époque, j'aurais pris la chambre à l'extrémité du couloir, mais elle était déjà occupée. Aujourd'hui, on fait comme si la cinquième chambre n'existait pas, bien qu'elle soit la plus agréable de toutes, avec les fenêtres sur deux côtés.

Nous faisons le lit à deux, chacune d'un côté à tirer, border et tapoter en silence. Elle est encore preste, elle grimace un peu en se baissant, mais comme le lit est haut, elle s'en accommode. Les couvertures sont dans la malle au pied du lit. J'en sors deux, je suis frileuse.

« À quelle heure veux-tu que je te réveille ?

— Je mettrai mon portable pour me réveiller.

— Je ne voudrais pas déjeuner trop tard.

— D'accord. Tu veux que je fasse des courses ?

— J'avais déjà prévu le repas de ce midi. Il y en aura assez pour deux.

— Merci.

— Repose-toi bien. »

Quelques instants seulement me suffisent pour plonger dans le sommeil. Avant de perdre totalement conscience, je crois entendre le bruit des petites voitures lancées sur le parquet du couloir.

Salade avec une soupe de poisson. Je retourne à la cuisine, je fouille, j'aimerais étoffer de quelques tartines beurrées. Ma mère m'alerte, il y a du sorbet pour le dessert si je le souhaite, merci, je crois que je vais quand même tremper une tartine dans mon bol de soupe, je sais, c'est horripilant, je contourne un peu la frugalité planifiée du repas. Je rachèterai du pain d'ici ce soir.

« Tu cherches encore du travail ?

— Oui. Mais il n'y a vraiment pas grand-chose pour moi là-bas.

— Pourquoi ne retournes-tu pas à Paris ? Sinon aller à Lyon. C'est assez grand, Lyon.

— Je ne veux pas faire déménager les enfants sans être certaine que cela vaille le coup. Ils ont leurs habitudes, maintenant. Les copains, la maison, l'école... Je me débrouille avec les remplacements dans les collèges.

— Ils suivront, c'est tout. Ils s'adaptent, les enfants. Tu les couves trop.

— Il faudrait savoir. Je croyais que je les laissais se débrouiller tout seuls trop souvent.

— Oui, c'est paradoxal. J'avoue que je ne te comprends pas. Enfin, chacun fait ce qu'il peut.

— Tu devrais savoir, toi, qu'ils ne peuvent pas toujours tout encaisser, les enfants. »

Ce n'était pas une maladresse. C'est pour qu'elle sache ce dont il va être question pendant mon séjour. Elle ne bronche pas.

« Tu mélanges les choses. Dans le cas de ton frère, c'était d'ordre pathologique.

— Comment peux-tu dire une chose pareille ? Il n'a jamais vu de médecin !

— Une mère sait des choses. Que tu n'as pas à savoir. D'ailleurs, à dix ans, je ne crois pas que tu y aurais compris quoi que ce soit. »

Mon frère avait deux et demi de plus que moi. Il aura à jamais douze ans et demi, et mes parents en sont responsables, au moins en partie. J'ai besoin de savoir jusqu'à quel point. J'ai besoin de savoir à quel point j'en suis responsable, moi aussi. Il faut que je sache si je dois expier encore. C'est pour ça que je suis là. Je me souviens qu'il était très grand ; mais peut-être que mes yeux de petite sœur le voyait ainsi sans qu'il l'ait été particulièrement. Mon frère, lui, était beau. De quoi ravir notre mère. Il ressemblait davantage au père, les yeux noisette, une bouche en cœur, le teint un peu mat, des boucles brunes d'artiste, une sorte de sauvagerie souriante prête à éclater au moindre prétexte. Il semblait continuellement sur le point d'esquisser un pas de danse. De quatre à dix ans, j'ai passé la plus grande partie de mon temps libre à poursuivre sa silhouette mince qui se coulait entre les meubles du salon ou les arbres du jardin, les balançoires du parc public où il avait donné rendez-vous à des copains ou, assez tôt, à une copine. J'ai des images de ses semelles battant vite le sol, de ses boucles qui s'agitent lorsqu'il tente de me semer.

Son sourire enjôleur, quand il décide de jouer au grand frère modèle, partage ses jeux, m'appelle ma petite. Quand il m'explique que les voitures ne volent pas, la DS ne peut pas rattraper la Renault 16 en sautant par-dessus le lit, il faut la faire passer par en dessous, sinon c'est pas du jeu. Je pleure parce qu'en dessous du lit c'est sombre, j'ai lancé la petite voiture en dessous sans regarder, en espérant la récupérer de l'autre côté, et maintenant elle est introuvable. Sans hésitation, il se glisse en dessous du lit, le bras, l'épaule, le dos, puis dévoré tout entier par l'obscur. Mon cœur bat la chamade, je ne pleure plus, j'attends, je n'ose pas lui parler sans le voir. Soudain sa menotte émerge du dessous, il brandit la DS qui s'était coincée contre un pied du lit, cette polissonne. Un héros. Quand j'évoque son souvenir il me semble distinguer un fond de mélancolie dans ses yeux. Mais il m'est impossible de deviner s'il s'agit d'un sentiment éprouvé à l'époque, ou de la construction qu'a élaborée mon esprit à la suite des événements qui ont eu lieu.

C'était un dimanche soir, un printemps pluvieux, je ne me souviens pas de la date exacte, il faudrait regarder sur le faire-part, celui que j'ai soustrait à un oncle et conservé. Le dimanche soir, nous prenions un bain avant le dîner. Les devoirs avaient été faits la veille, nous avions le temps de barboter. Ma mère faisait couler des bains brûlants et veillait à ce que nous nous immergions avant que la température soit supportable. Pour qu'on soit bien propre. Je me souviens comme l'élastique du pyjama piquait la peau du dos, la languette des chaussons, la peau du coup de pied, après le bain. La peau irritée, rouge, de vrais homards. Peut-être ma frilosité vient-elle de là. Ce soir-là, mon frère occupait la salle de bains. Ensuite ce serait mon tour. Je lisais des bandes dessinées devant la cheminée, quand ma mère a dit, je vais voir ce qu'il fabrique. Il n'y a pas eu de cris. Mais cela a duré très longtemps. Elle est redescendue, les manches de sa robe dégoulinaient, tout le haut de sa robe était mouillée, elle s'est précipitée vers mon père qui était assis au bureau devant le bow-window, ils sont remontés en courant. J'ai entendu des éclats de voix, je me suis dirigée vers l'escalier, la porte de la salle de bains s'est entrouverte, mon père a hurlé « reste en bas, reste en bas ! », je me suis assise devant la cheminée. Je me souviens que ma tante est venue me chercher, c'est tout. Le lendemain, ma tante m'a expliqué que mon frère était parti au ciel.

Il y a eu des semaines brumeuses, après ça. Un jour mon père est parti, comme tous les matins depuis qu'il avait repris le travail, et n'est pas revenu. Quand j'ai demandé à ma mère s'il allait revenir, elle m'a dit qu'elle n'en savait rien. La même chose le lendemain, les jours qui ont suivi, puis j'ai cessé de demander. Nous avons fait notre petite vie ensemble, jusqu'à ce que je parte à Paris pour le lycée. Le pensionnat m'a semblé héberger une foule, après ces années à deux. Je préférais rester là-bas le week-end, je revenais juste pour les vacances. À la Toussaint, après ma rentrée en seconde, je lui ai demandé si elle avait des nouvelles de mon père. Elle a dit non. Je lui ai demandé si elle savait pourquoi il était parti. Elle m'a dit qu'il n'avait pas supporté le suicide de mon frère. C'est la première fois qu'elle disait ce mot. Qu'il se sentait peut-être coupable de n'avoir rien vu, rien décelé. Je lui ai dit que moi non plus, je n'avais rien vu. J'espérais qu'elle me réponde, non, moi non plus, c'était imprévisible, il était la joie de vivre incarnée, un héros, pour sûr, mais elle a détourné le regard, n'a rien dit. C'était terrible. Elle avait vu des signes. Elle s'était doutée. J'avais envie de la secouer, de la faire parler, mais c'était trop tard, à quoi bon.

Il n'y a pas de photo de mon frère dans la maison. On n'utilise plus la chambre dans laquelle il dormait, jouait, faisait ses devoirs. Il s'est parfaitement évaporé.

Je n'ai pas pris de sorbet, manger un dessert glacé en plein hiver, quelle horreur. Je me pose devant la cheminée en briques avec un quignon de pain.

« On ne ferait pas un feu ?

— J'ai nettoyé la cheminée la semaine dernière !

— Si tu ne fais pas de feu maintenant, tu ne t'en serviras plus, de la cheminée.

— Veux-tu que je te prête une veste ?

— Si je m'occupe du feu, ça te va ? Je nettoierai après.

— La femme de ménage pourra le faire. Enfin le plus gros, je repasserai après, j'ai l'habitude. Fais ce que tu veux.

— Elle n'est pas sérieuse, la femme de ménage ? Christine, c'est ça ?

— Non, c'est une nouvelle. Aurélie. Une jeune. Il ne faut pas regarder de trop près, disons. C'est difficile de trouver quelqu'un qui convienne, tu n'imagines pas. C'est la troisième depuis le printemps dernier. Je ne comprends pas pourquoi c'est si difficile, ça n'est quand même pas compliqué de faire le ménage. Je finis par me demander si le problème ne vient pas de moi.
— Vraiment ?
— Oui, elles se disent, la vieille, elle a la vue basse, elle ne va pas regarder les moutons sous les meubles.
— Tu leur fais des remarques ?
— Évidemment. Il faudrait que tu sois là la prochaine fois qu'Aurélie viendra, on verra si cela change quelque chose. Tu me diras ce que tu en penses.
— La maison a l'air propre.
— Oui, j'ai fait les poussières et passé l'aspirateur hier.
— Elle vient quand, Aurélie ?
— Demain matin. »

Je sors avec un grand sac de courses pour me diriger vers le bûcher. Olivier, le jardinier, l'approvisionne à l'occasion. Une grosse araignée noire, postée sur un bloc de bois, hésite à décamper. Je n'ai pas l'intention de lui faire du mal. Elle est dehors, elle est chez elle. Je sélectionne des bûches étroites pour que le feu soit facile à démarrer.

De retour dans le salon, je vois ma mère qui s'est assise, un livre à la main. Elle tient un livre ouvert mais son regard est perdu au-delà des fenêtres, dans le gris des nuages.

Je m'affaire pour préparer la flambée. Le quignon de pain que j'avais laissé sur la table basse a disparu. Une graine de désordre, insupportable. Quand je crois que l'âtre est prêt pour une grosse heure de flambée, j'annonce :

« Je vais faire quelques courses, tu as besoin de quelque chose ?

— Non. Que veux-tu manger ce soir ?

— Je vais passer chez le traiteur nous prendre quelque chose.

— Quelque chose de léger, je ne mange pas beaucoup le soir. D'ailleurs, ça n'est recommandé pour personne, trop manger le soir.

— Des coquilles saint Jacques gratinées, ça t'irait ?

— Oui, prends-les chez Clément, ne va pas chez le traiteur de la rue Carnot.

— C'est où, Clément ?

— Devant le fleuriste, quand tu vas vers le centre-ville.

— Autre chose ? Un dessert ?

— Il reste du sorbet au congélateur.

— Je verrai, alors. »

Je marche en direction du centre-ville. J'aime à voir les villas et les maisons de pêcheurs. Dans les deux rues du centre, j'aime l'élégance provinciale de la plupart des passants, rien ne semble déplacé ici, ni la veste de chasse huilée, ni le caban, ni les chapeaux ou les bottes cavalières. Tout en réalité semble être porté à dessein, dans un but précis, il ne s'agit pas de ces endroits où les vêtements vous tombent sur le dos par hasard ou par effet de mode, ce qui, considérant un individu en particulier, revient au même. L'absence de la mode, c'est formidable. Que certains de ces endroits de province puissent être épargnés par telle ou telle sinistre tendance doit être une consolation pour tous. Non pas que la nouveauté soit impossible. Mais comme tout se fait avec lenteur, les choses doivent être éprouvées avant d'être adoptées. Sur ce sujet au moins, la

lenteur est appréciable. Je déambule comme au carnaval de Venise. Je serais incapable de mettre un nom sur les visages que je croise, comme s'ils portaient des masques : je suis partie depuis longtemps. Certains regards sont curieux, surtout les personnes âgées, en cette saison, peu de touristes, pourtant cette dame n'est pas d'ici, se disent-elles, je l'aurai déjà aperçue. Certains m'ont déjà vue, peut-être. Il y a trente ans, plus ou moins. Peut-être m'ont-ils déjà vue, alors que je collais aux basques d'un garçon un peu plus âgé, qui trottinait, un grand sourire aux lèvres.
Est-ce qu'ils se souviennent de la petite fille qui suivait son frère ? Est-ce qu'ils ont appris, pour ce garçon, par la suite ? Est-ce qu'ils se sont demandé ce qu'était devenue la petite fille ? Se sont-ils dit, ce qu'elle doit être triste, cette petite ? Je crois reconnaître une institutrice, je détourne les yeux dans un réflexe incompréhensible, avant de réaliser que ça ne peut pas être elle, imaginez, octogénaire, avec cette allure, non, impossible, une fille ou une nièce sans doute. Ce n'était pas le genre de famille à quitter la région, ses racines, comme on dit, des racines forcément profondes, pour bien s'enraciner dans le sable. Une famille d'oyats, en quelque sorte.
J'ai acheté les coquilles Saint-Jacques, chez Clément. Avec mon petit paquet siglé d'un nom du coin, j'étais davantage dans le ton, ma présence était moins incongrue. Ensuite j'ai remonté la rue Carnot. Avant, ici, il y avait un magasin de cadeaux, un curieux bazar exotique, où je me souviens avoir acheté une bague émaillée, une boîte en porcelaine de Chine. Maintenant, c'est un fast-food. L'odeur de friture est répugnante. De l'autre côté, le café des cocktails sans alcool, les soirs d'étés, entre copines adolescentes, on regardait les estivants venant du front de mer, en gloussant

devant les jeunes gens en bermuda. Le café est fermé hors saison. Plus loin, à l'angle, c'était le cinéma. Le Rex. Toute gamine, j'ai vu mon premier film là-bas. Une sortie scolaire, un film d'animation Walt Disney. C'est un magasin de vêtements désormais, une franchise qu'on trouve dans tous les centres commerciaux d'Europe. Si les deux salles manquaient de confort, j'aimais beaucoup sa façade Art Déco. J'espère que le fronton original subsiste derrière l'enseigne dépouillée de la marque pour jeunes femmes professions intermédiaires vingt-cinq à trente-cinq ans. Dépouillée pour faire chic, l'enseigne. Plus de deux couleurs sans faire vulgaire, ils ne savent pas faire, les néo-couturiers. Ils s'en trouvent quand même pour acheter leurs fringues, ça laisse rêveur. Enfin, tout espoir n'est pas perdu, puisque la pâtisserie est toujours là. Le même nom sur la devanture. Je me colle le nez à la vitrine. Elle me semble plus petite, mais le doute n'est pas permis, c'est bien elle, toute en dentelle de papier blanc et dorures. À gauche, sur un présentoir en escalier, paradent les tartes normandes, en différentes tailles, pour accommoder tous les appétits. Une pâte feuilletée vanillée. Un appareil de lamelles de pomme caramélisées, superposées à la façon d'un mille-feuille, de crème fouettée sucrée, subtilement épicée. Sur le tout, un caramel brillant et croquant. Juste au milieu de la vitrine, au premier plan, un carrousel offre le spectacle d'une collection de merveilleux au chocolat, chocolat noir, chocolat blanc… puis un chocolat praliné un peu racoleur, qui non content de dissimuler sa meringue sous des copeaux de chocolat, s'est aussi habillé d'éclats de noisettes, un genre un peu débauché, un peu Red District, avec cette étiquette nouveau parfum, devant le support en carton doré sur lequel il se pavane. Derrière la compagnie des merveilleux au chocolat, une pièce montée, évidemment, une montagne de choux avec des petits points de sucre coloré pour renseigner sur leur garniture, vert pistache, jaune citron, rose fruits rouges, blanc vanille, et ceux sur lesquels il n'y a pas de point sucré, ils sont au chocolat. À droite de la vitrine, une étagère, les pâtisseries familiales, anguleuses comme il faut, faciles à partager sans léser personne, installées sur des semelles à bûche, quatre ou six personnes, des génoises protégeant des ganaches brillantes ou des crèmes au café, à couper au cordeau si on ne veut pas se fâcher à mort avec la belle-sœur au moment du dessert. Dans le coin inférieur de la vitrine, un panonceau invite : maison fondée en mille neuf cent cinquante-huit, goûtez nos spécialités.

La sonnette de la porte tinte exactement de la même façon qu'il y a trente ans.

Je suis revenue alors que ma mère était absente. Elle était sans doute en train de tordre des tiges, disposer des branchages pour atteindre l'harmonie. Comme si la fleur ou la branche n'était pas intrinsèquement harmonieuses, bien qu'on les ait privées de la vie, coupées sans scrupule, certainement en enlevant d'abord la vie, la sève, c'est plus facile. Rechercher l'harmonie des choses mortes c'est un peu traître, un peu déloyal. Il me semble que le vrai défi serait de magnifier l'harmonie du vivant, du mouvement, si jamais, la danse ou la musique c'était inaccessible, dans ce cas il faudrait jardiner je crois, s'occuper des rosiers vivants, dehors… mais triompher de ces choses mortes, vraiment… À défaut, renoncer à cette matière vivante. Peindre, sculpter, bâtir, l'harmonie peut se faire là aussi. Si au moins cela permettait de répondre à un besoin vital, comme la cuisine des chefs, mais non, on ne dégustera pas les pétales de renoncule et la branche de noisetier. Je crois que l'arrangement floral est un loisir de femme. Cela me paraît étrange, les hommes devraient être plus à l'aise avec cette affaire-là, eux qui voient de la beauté dans le sang des arènes.

J'ai rangé mes achats avant de monter à l'étage. Je suis allée dans la chambre de mon frère. Le ménage était fait, il n'y avait ni poussière ni désordre. La chambre semblait prête à l'accueillir de nouveau, si ce n'est le matelas, recouvert d'un film plastique, ce qui m'a semblé vaguement obscène. Je me suis agenouillée puis me suis glissée sous le lit. J'ai tenté sans succès de ressentir le frisson que cette expérience m'inspirait il y a des décennies. J'ai glissé mes doigts sur les lattes du sommier, entre les ressorts, à la recherche d'une roue de voiture majorette que j'avais cachée là, juste pour le plaisir d'avoir un secret, de savoir quelque chose que nul autre ne savait, mais je ne l'ai pas retrouvée. On a trébuché contre le lit, quelque secousse l'aura ébranlé provoquant la chute de la roue, puis la roue a été avalée par l'aspirateur. Sinon mon frère m'a observée pendant que je dissimulais la roue et l'a récupérée. Impossible aujourd'hui de savoir. Je me suis extirpée de dessous le lit, prêtant l'oreille, je ne voudrais pas qu'elle me surprenne dans la chambre, elle imaginerait de l'indiscrétion ou quelque pulsion morbide.

Comme dans la chambre des parents, il y a une cheminée dans la chambre de mon frère. Je me suis assise au bord de l'âtre, je me suis penchée vers l'intérieur pour faire basculer le contrecœur en fonte. Il n'y a pas de suie sur mes mains. Tout a été nettoyé avec soin. Je m'inquiète. J'espère que l'ardeur ménagère n'a pas été poussée trop loin. Après quelques tapotements, je fais bouger la brique descellée, l'enlève et la pose dans le foyer, pour libérer l'objet qu'elle dissimulait. C'est une minuscule clef plate, celle du cadenas d'un journal détruit depuis longtemps. J'ai brûlé le journal après que quelqu'un l'ait lu. Mais j'ai conservé la clef pour me rappeler. Je mets la clef dans la poche de ma veste, réinstalle brique et plaque de fonte, et quitte la pièce sur la pointe des pieds.

Il y a dans le carton un merveilleux au chocolat noir, deux tartelettes normandes, un merveilleux praliné-nouveau-parfum, je le surveille du coin de l'œil, pour vérifier qu'il se tient correctement.
Ma mère a sorti des assiettes avec un liseré doré, les petites fourchettes, elle s'applique à faire glisser les tartelettes sur la spatule. C'est une entorse à son régime, mais comme je ne vais pas rester longtemps...
« Pourquoi quatre pâtisseries, nous ne sommes que deux !
— Pour avoir le choix.
— Bah, deux merveilleux, deux tartelettes aux pommes, le choix est limité.
— Il est limité à deux options. C'est déjà un choix.
— Je ne te savais pas si gourmande.
— C'est exceptionnel.
— Mais c'est toujours très appétissant, ce qu'ils font.
— Tu te souviens, quand nous étions quatre, on prenait toujours six pâtisseries différentes. Plus jeune, je me demandais quelle était la règle qui s'appliquait. Quand on est quatre, on en prend six, si on est six, huit, ou dix ? Tu sais, depuis je me suis aperçue que certains se partagent les pâtisseries individuelles, tu vois, ils coupent les tartelettes aux fraises en deux, une moitié chacun, l'éclair au café, hop, tronçonné...
— C'est rebutant.
— Répugnant, tu veux dire. La moitié de pâtisserie qui t'échoit semble déjà mâchouillée. Jamais nous n'aurions coupé en deux une tartelette. Quatre gourmands, n'est-ce pas ?

— Oui. Peut-être. C'est si loin.

— Tu n'oublies jamais rien.

— Je n'ai pas forcément envie de me souvenir de tout.

— Ton fils, quand même.

— Il ne sert à rien de se rappeler des choses fausses. Ton frère pouvait être très différent de ce qu'il semblait être.

— Comme tout le monde, non ?

— Non, justement. Pas comme tout le monde.

— Tu dis ça parce qu'il semblait tellement joyeux, et qu'il s'est suicidé ?

— Oui...

— Tu n'y crois pas. Il était joyeux. Jamais il n'aurait fait ça. Il y a eu un accident, j'en suis certaine. Pourquoi personne n'a pensé qu'il pouvait s'agir d'un accident ?

— Je croyais le connaître aussi, tu sais. On ne connaît jamais vraiment les gens, même sa propre chair.

— Mais pourquoi tu dis ça ? Que s'est-il passé ?

— C'est une mauvaise idée de remuer des choses si anciennes. Il n'y a aucun moyen de refaire l'histoire. Quel intérêt ?

— Je suis encore là, moi. J'ai besoin de savoir. Certains événements continuent d'affecter la réalité bien après qu'ils se soient produits. Je sais que ce qui s'est passé m'affecte encore. Je crois.

— Comment ?

— C'est difficile à expliquer. Un malaise diffus. De mauvaises décisions.

— Savoir, ce serait pire.

— Je crois que je peux prendre le risque.

— Et le risque que je prends, moi ?

— Avec tout le respect que je te dois, je crois que ta prise de risque est relativement limitée dans le temps. Tu l'as déjà évitée pendant de nombreuses années. Par contre si tu ne dis rien, je n'aurais plus le choix, moi, de prendre ou non le risque de savoir.

— Je suis vieille, n'est-ce pas ?

— Tu es sage.

— Si seulement il s'agissait de choisir entre ce qui est sage et ce qui ne l'est pas, tout serait plus simple.

— Pourquoi il n'était pas comme il semblait l'être ?

— Tu as raison. Je vais devenir gâteuse, et puis personne ne saura. Après tout, tant pis pour toi, je t'aurais prévenue. Promets-moi de ne rien répéter, à personne, en tout cas pas avant d'avoir mon âge ?

— C'est promis.

— Tu te souviens comme les voisins étaient discrets, après le décès de ton frère ?

— Non.

— Ils l'étaient, crois-moi. Il n'y a pas eu le défilé des voisines présentant leurs condoléances. Il n'y a pas eu de bonnes âmes parcourant la ville pour alimenter une cagnotte, pas de gerbe de fleurs barrée d'un ruban, « les amis et voisins du quartier ». Tu sais pourquoi ?

— Parce qu'ils ne nous connaissaient pas ?

— Tu plaisantes ? Tout le monde connaît tout le monde, ici. D'ailleurs, cela n'aurait rien changé.

— Parce qu'on ne leur parlait pas ?

— Non. J'ai toujours dit bonjour. Ton père aussi. Pas plus que bonjour, bonsoir, mais enfin, c'est suffisant. La vérité, c'est qu'ils étaient discrets parce qu'ils avaient une autre affaire sur le feu. Une affaire d'enfant aussi, mais plus croustillante encore. Tu ne peux pas t'en souvenir, peut-être, mais tu en as forcément entendu parler. La petite Fabienne, ça ne te dit rien ? »

Je n'étais pas sûre. J'ai haussé les épaules. Elle a raconté.

On avait découvert le corps de la petite Fabienne, quatre ans, dans un terrain vague, un lundi de septembre, deux jours après que ses parents aient signalé sa disparition. Plus précisément, dans un réfrigérateur abandonné. Des ecchymoses. Les cheveux étrangement tailladés. Pieds nus. Son tee-shirt disparu, n'avait pas été retrouvé. Elle n'avait pas été violée. C'était un maigre adoucissement à la peine de ses proches, je suppose. C'était la plus jeune fille d'un patron de pêche du coin, une famille bien connue dans la région. Il y a eu toutes sortes de théories sur des jalousies qui auraient pu conduire à un tel drame. Il y avait, des frères, des sœurs, des belles-sœurs, des beaux-frères à foison, dans ce clan. Tout ce monde couchaillait en famille, pas qu'un peu. D'ailleurs, les enfants, les cousins, ils se ressemblaient tous, la même face de lune blafarde, les yeux glauques, les cheveux très clairs. Sauf la petite Fabienne, poil de carotte. L'enquête avait duré des mois, sans avancée réelle. Tous paraissaient suspects, aucun coupable. Si les gendarmes se désolaient en silence, les journalistes bourdonnaient bruyamment dans la ville. Certains gens du cru avaient montré leur bobine sur toutes les chaînes nationales. La petite notoriété des bavards témoins de rien, c'était un sujet dans le sujet. Faut dire que ça tient à pas grand-chose, des fois. Un voisin prénommé Aristide avait été interrogé pas moins de quatre fois – monsieur Aristide, c'est bon ça, coco. Il y en eu d'autres, des sujets. Une voyante s'était confiée aux gendarmes, la petite morte lui avait donné le prénom de son assassin. Quel était-il, ce prénom ? Pourquoi les gendarmes ne le communiquaient-ils pas ? Ça réduirait le champ des recherches, au moins ! On savait bien que c'était des sornettes, mais peut-être qu'elle savait quelque chose, la voyante... ou rien du tout, mais alors elle essayait de faire accuser quelqu'un, peut-être pour se disculper... puis, cette façon des enquêteurs de revenir rôder dans le voisinage, interroger les gens sur plusieurs jours, ils ne pouvaient pas poser toutes leurs questions d'un coup ? Ils n'avaient pas l'air bien dégourdis. L'idée générale était que les gendarmes ne s'y prenaient pas comme il aurait fallu. Au marché, dans les files d'attente des magasins, on ne parlait que de l'affaire. La mère de la petite Fabienne, surtout, inspirait beaucoup. Pâle, brisée, mutique. Dans les pages des quotidiens régionaux, on pouvait lui reconnaître des airs de madone, de simplette ou de salope, selon l'angle choisi par les photographes, c'était très pratique. Au bout d'un an, plus personne n'imaginait que l'on découvrirait le meurtrier. Effectivement, on ne le découvrit pas. Sur la tombe de la petite Fabienne, les bouquets furent progressivement remplacés par des objets, plaques de marbre et anges en pierre reconstituée, ce qui évitait l'entretien, réduisait l'affluence, estompait la bizarrerie de sa disparition. L'événement sombra peu à peu dans le flux incessant de l'histoire locale, les gendarmes se résignèrent, les journalistes s'envolèrent.

« Tu comprends, avec cette histoire, la disparition de ton frère n'a pas fait grand bruit.
— Mais quel est le rapport avec ce que tu disais ? Je ne comprends pas où tu veux en venir. »
Ma mère s'est levée, s'est dirigée vers le buffet du salon. Elle ressemblait vraiment à une grand-mère, soudain, j'ai eu envie de la prendre dans mes bras pour lui dire que tout n'était pas de sa faute, qu'il était temps d'oublier, je n'aurais

pas dû insister. Elle a sorti, de sous une pile d'assiettes, une enveloppe de papier brun, qu'elle a posée sur la table.

« Allez, regarde. »

J'ai ouvert l'enveloppe qui n'était pas cachetée. À l'intérieur, deux polaroids.

« Je n'ai pas pu garder les... objets. J'ai pris des photos pour me souvenir : ça m'aide parfois de les regarder. J'ai trouvé ces choses sous le matelas de ton frère, dans sa chambre. Quelques jours après qu'on ait trouvé le corps de la petite. »

Sur le premier polaroid, on voyait nettement une tresse de cheveux roux. Sans doute, les reflets les plus subtils ne se voyaient pas, pas plus qu'on ne pouvait éprouver la texture soyeuse de la tresse, mais enfin, c'était incontestablement une tresse de cheveux roux. Sur le deuxième polaroid, c'était un tee-shirt blanc, qu'on ne distinguait qu'à peine du fond clair sur lequel il était posé.

« Qu'as-tu fait des cheveux et du tee-shirt ?

— Je les ai brûlés. Dans la cheminée.

— Pourquoi vouloir garder les photos ?

— Ce soir-là, après avoir trouvé ces choses, j'ai interrogé ton frère. Il a nié. Il ne savait pas comment j'avais pu trouver ces horreurs dans sa chambre. Il niait, et il n'avait pas l'air inquiet, ou apeuré. Il avait cet air confiant qu'il affichait constamment. À ce moment j'ai compris. Qu'il y avait une anormalité là-dessous. Que toutes ces petites copines qu'il avait, pour un garçon de son âge, ce n'était pas très habituel non plus. Il fallait que je réagisse. Dire que tu passais un temps fou avec lui, et sans que je vous surveille ! Ne crois pas que, parce que tu étais moins jolie ou moins souriante que lui, je ne m'inquiétais pas de toi ! Il a fallu que je prenne une décision. La plus difficile de toute ma vie. C'était mon enfant, j'étais responsable. On l'aurait enfermé. Tu aurais été stigmatisée toute ta vie si l'on avait su, ma pauvre. Alors, j'ai pris mes responsabilités.

Je crois qu'il a pensé que je voulais chahuter, au début. Il ne s'y attendait pas. L'eau était bien chaude, il était détendu, il n'a pas beaucoup souffert. J'ai détruit les preuves. Mais quand toute cette abomination remonte dans mes cauchemars, je regarde les photos, pour me rappeler que c'est arrivé, et pourquoi j'ai fait ce que j'avais à faire. »

Je ne parviens pas à déterminer si elle pleure ou non. Les yeux sont un peu humides, mais avec l'âge, tous les regards prennent ces reflets mouillés, chavirés. Je trouve cette femme totalement étrangère à ma mère. Je me demande à quel moment exactement ma mère a disparu pour laisser place à la vieille femme qui n'ose pas me regarder. Quand mon frère est-il mort ? Quand elle a découvert la tresse et le tee-shirt de Fabienne ? Ou à l'instant où elle m'a avoué son crime atroce ? Faut-il que je prenne moi aussi mes responsabilités ? Qu'est-ce que cela pourrait signifier dans ce cas ? Pour la plupart des gens, davantage de souffrance, voilà ce que cela signifierait. Je vais prendre mes responsabilités en ne culpabilisant pas cette femme plus encore, malgré l'ineptie et la cruauté de son geste. Je vais prendre mes responsabilités en ne disant rien.

Maintenant, je sais quelle est cette faute que j'expie. Je paie pour le crime de ma mère. J'aurais dû protéger mon grand frère, lui qui me protégeait de tant de choses. Je me demande si notre père est parti à cause de la mort de mon frère. Ou parce que ma mère avait tué son fils. Ou parce qu'il s'est persuadé que mon frère, si bon, si joyeux, avait assassiné une petite fille. Je ne sais pas ce qui serait le plus lâche, le plus honteux.

C'est certain, elle pleure. J'aime ma mère, pourtant cela ne me gêne pas, qu'elle pleure. Si elle savait, ce serait pire encore.

A dix ans, les poupées ne m'intéressaient pas beaucoup.

À six ans, j'avais demandé un baigneur pour noël. Je m'en suis mordu les doigts jusqu'au noël suivant. Les petites voitures, c'était beaucoup mieux. Ou une dînette. Que peut-on faire d'amusant avec un baigneur ? C'est mou ; ça ne tient pas debout. Le progrès, maintenant certains vagissent horriblement. Impossible de s'imaginer lui faire vivre des aventures extraordinaires, au baigneur. Impossible de l'imaginer élève, quand on joue à la maîtresse. Ni s'en servir comme oreiller ou le câliner, le contact du visage, des membres en plastique est absolument désagréable, même depuis que le celluloïd n'est plus utilisé.

J'ai eu une poupée, pourtant. Comme c'était prévisible, je n'ai pas joué longtemps avec cette poupée. Certainement, je ne l'avais pas réclamée ; on m'a éduquée dans la détestation du caprice ; c'est arrivé comme ça, je ne me souviens plus. D'ailleurs, je ne me souviens plus précisément de la poupée non plus, juste, je m'étais amusée à lui couper les cheveux, qu'elle avait longs, coiffés en natte, à l'habiller et la déshabiller, exactement comme j'avais vu faire mes camarades de classe avec leurs poupées à elles. Je ne crois pas lui avoir donné de nom. Je l'ai perdue en jouant dehors, sans que cela m'affectât beaucoup. Maintenant, je sais que ma mère a puni mon frère pour ça. C'est terriblement injuste. Je lui en veux d'avoir puni mon frère, qui n'y était pour rien. Je lui en veux de m'avoir prêté si peu d'attention qu'elle a été incapable de comprendre que c'était moi, moi seule, qui avait perdu la poupée. Je lui en veux par-dessus tout de me rendre, de fait, complice involontaire de l'injustice qu'elle a commise. Le véritable crime, il est là. Comment peut-on faire porter à une fillette d'à peine dix ans un tel fardeau ? Peut-elle envisager un seul instant, ma mère, la peine qu'elle provoque ? Désormais tout me semble mal, souillé. Le passé est sali. Mes jeux et mes cachettes dans la chambre de mon frère. L'avenir était déjà abîmé : je ne pourrai jamais le remercier de m'avoir protégée comme il l'a fait. Peut-être même savait-il tout ce que je cachais, dans sa chambre, qu'il a refusé de m'accuser, jusqu'aux derniers instants. Un héros. Le vertige me prend, si je lui disais, à ma mère ? Si je pouvais cracher, c'était toi l'adulte, ce n'était pas assez de le tuer, il te faudrait un prétexte qui me fît sombrer avec toi ? Tu ne t'en tireras pas aussi facilement. Je refuse de porter ça. Seul Dieu peut nous juger. Tu n'as aucun droit. Je ne ferai pas de confession. Je ne me tordrai pas les mains en gémissant de remords. Estime-toi heureuse que ces mains ne te serrent pas le cou, meurtrière.

Je ne vois pas ce que je pourrais rassembler de bon ici. Je ne crois pas que je reviendrai. Je n'ai plus de parents. Je vais laisser ma mère dans sa maison hantée qui ne tient debout que par ses sorts, je reviendrai quand elles auront disparu toutes les deux, quand elles auront disparu toutes les deux probablement tout le quartier disparaîtra en même temps et les gens qui y sont passés, au bout d'un siècle on pourra à nouveau cultiver la terre et construire des maisons si personne n'a invoqué le nom de la criminelle entre temps.

Si tout est pourri, je sais d'où vient la pourriture. Je sais quelle est la faute qui a contaminé mes écrits. Mon pauvre manuscrit est vérolé par héritage, hérédité ou imprégnation. Je ne peux pas m'éloigner davantage de ma mère. La charité m'empêche de la faire souffrir plus encore, par ailleurs il ne m'appartient pas de juger ni de prononcer la sentence. Il y a aussi cette autre vérité incontestable : j'ai été préservée. Soustraite à la folie maternelle, qui aurait aussi pu me foudroyer, si elle m'avait vue dissimulant la tresse et le tee-shirt, ou si j'avais choisi une cachette dans ma propre chambre. Une chance m'a été offerte, il me faut poursuivre jusqu'à trouver du sens à tout cela.

Je crois que cette fillette qui est morte, elle devait périr. Comme les autres plus tard. La vraie leçon, c'est qu'il me faut accepter la solitude, le secret, renoncer à laisser sourdre de mon cerveau des réflexions ou des sentiments en espérant qu'on les accepte juste pour ce qu'ils sont, ou qu'on les estime ou qu'on les discute, puisque ces réflexions ou ces sentiments pourront s'avérer la dernière manifestation articulée d'un intellect que le lecteur ou l'auditeur percevra, avant de disparaître. Il faut que j'accepte la dilapidation de mes fantaisies, de toutes mes philosophies, jamais partagées, ni gentiment propagées, juste des flacons pour contenir la ciguë.

Ma mère se tamponne les yeux avec un mouchoir, elle reprend :

« Tu ne dis rien.

— Laisse-moi le temps.

— Tu ne te doutais de rien.

— Je savais que ça ne pouvait pas s'être passé comme on me l'a dit. Je ne pouvais pas imaginer une chose pareille.
— Est-ce que tu comprends ?
— Je te comprends.
— C'est bien que tu le saches, maintenant. Je ne peux pas aller voir la police. Il faudrait que j'explique. Je ne veux pas salir la mémoire de ton frère.
— N'y vas pas. Cela ne servirait à rien. Ce n'est pas comme s'il y avait un innocent en prison.
— Oui.
— Qu'est-ce qu'il savait, notre père ?
— Rien. Je ne crois pas qu'il ait jamais rien su. Il travaillait beaucoup. Il n'était pas très observateur.
— Pourquoi est-il parti, alors ?
— J'étais effondrée, après ça. Je ne pouvais plus m'occuper de lui, c'était au-dessus de mes forces. Alors une autre s'est occupé de lui, je crois. C'était mieux comme ça.
— Et plus tard ? Après notre père ? Tu n'aurais pas dû rester seule.
— Pourquoi ?
— Pour aimer quelqu'un qui soit à côté de toi ?
— Je n'ai pas besoin que toi et les enfants soyez ici pour vous aimer.
— Je sais.
— Je suis encore plus contente quand vous venez. Il ne faut pas que cela change. Tu reviendras, maintenant que je t'ai tout raconté ?
— Oui, évidemment.
— Avec les enfants ?
— Oui. »

Non. Il est hors de question de les emmener une seule fois de plus ici, avec elle, ce monstre, capable du pire, même si j'arriverai à lui pardonner. C'est suffisamment compliqué, à trois, là-bas. Mais c'est moins risqué, puisque je me suis rapprochée du vrai, alors que ma mère reste dans les ténèbres, sans savoir qu'elle a tué un innocent.

Je n'irai pas à l'encontre de ma nature, mais il me faut m'y soumettre sans hargne et rendre la chose aussi douce que possible, alors rien ne m'empêche de cultiver toutes sortes de vertus. Mis à part ce caractère fatal que d'aucuns jugeraient comme un défaut -mais je répète qu'il ne s'agit pas d'un choix ni d'une faiblesse mais de la manifestation d'une autre volonté au-delà de mes facultés d'entendement, sans irrespect au-delà des vôtres aussi probablement- rien n'empêche que je sois aimable et compréhensive et secourable. Je dois justement faire un effort spécial eu égard à cette particularité, non pas que ma seule personne puisse influer de manière significative l'équilibre général du monde, mais enfin, chacun balaie devant sa porte et les vaches seront bien gardées, je vais essayer d'équilibrer un tant soit peu en ce qui me concerne, je vais soigner davantage mes mots d'abord pour ceux qui les liront une fois peut-être, et puis être gentille, souvent. Sans doute je ne serai pas un ange comme l'était mon frère, mais le sens de tout ça, il est là, je dois essayer de suppléer à la disparition de mon frère, à son absence dans la mesure de mes moyens, c'est le message qui m'a été envoyé lors de cette visite chez ma mère. Je vais être spécialement gentille tout en suivant le chemin tracé pour moi. D'ailleurs j'ai commencé en n'avouant pas son erreur à ma mère ; j'y pense, être spécialement gentille, juste après m'être

découvert cette facilité à mentir... coïncidence ? Des objectifs pour ne pas perdre de vue le plan, allez, une bonne action par jour, allez, épargner ma mère, ça compte pour la bonne action d'aujourd'hui, si des gens sont abolis par mon entremise mais que je sers ou que je préserve ou que j'accompagne par ailleurs, il me semble que la balance retrouve son équilibre, reste que même si elle ne le retrouvait pas parfaitement, moi je subis de surcroît la contrariété de mon œuvre poétique qui ne pourra pas se disséminer librement de tête en tête, moi seule pouvant prendre la responsabilité de la diffuser, je dois demeurer au centre de chaque divulgation, chaque dévoilement, je suis comme un soleil, ou parfois comme l'assistante du lanceur de couteaux enchaînée au milieu de la cible qui tourne sur la roue, approchez-vous pour m'entendre, mais à vos risques et périls. Cette frustration d'artiste vaut châtiment à l'avance pour le cas où je n'arriverai pas à équilibrer la balance, évidemment.
Lorsque l'on a déterminé le bon angle de vue, comme tout semble logique, comme tous les faits tiennent solidement les uns aux autres, exactement comme moi solidement attachée à ma roue karmique, les couteaux sifflant à mes oreilles.

J'ai embrassé ma mère une dernière fois, je ne crois pas que je la reverrai. Elle est soulagée par mon départ, ma présence lui fait penser à des choses désagréables, je n'avais pas réalisé jusqu'à présent, je comprends beaucoup mieux désormais. Quand je lui dis « merci pour tout », je me demande ce que ce tout inclut selon elle, j'ai dit ça sans réfléchir, un automatisme. Ma mère est folle. Elle a assassiné mon frère parce que, alors que je n'étais qu'une enfant, il faut le préciser, j'aurais tué une fillette. J'aurais, parce qu'en réalité, même si cela me semble probable, je ne jurerais pas que je l'ai fait, l'événement remonte à quelques décennies. Cette folie est-elle héréditaire ? Des pulsions meurtrières à l'égard de mes propres enfants sont-elles à redouter ? J'ai, systématiquement, méticuleusement, veillé à ne pas faire subir à mes enfants ce que j'ai enduré avant de m'émanciper. J'ai élaboré mes principes éducatifs pour éviter absolument que mes enfants ressentent ce que j'ai ressenti : le désintérêt le plus souvent, des épisodes pénibles de crispation ou d'exaspération, de portes qui claquent, aussi quelques instants de condescendance qui, si l'on n'est pas trop regardant, pourraient passer pour de l'affection. Tout est à jeter. Je me figure que mon frère est mort d'avoir déçu ma mère. Elle m'a épargnée : n'attendant rien de moi, il n'y avait pas de désenchantement possible.

Heureusement, mes enfants ne peuvent pas me décevoir, leur existence seule est un miracle. Avoir été capable de mettre au monde des créatures si charmantes, malgré ma disgrâce physique couplée à mon caractère impossible ; quand il semblait même douteux que je convainquisse un géniteur potentiel, pour d'éventuels héritiers, étant donné ces défauts ; enfin, avoir réussi à les porter au-delà des âges les plus téméraires de l'enfance, sans regretter un membre amputé ni un visage brûlé, pas la moindre électrisation ; tout cela est un émerveillement.

Je ne rencontre pas, d'ailleurs, souvent un prétexte pour être déçue, ni par mes enfants, ni par d'autres. Il faut dire que j'attends très peu. L'expérience m'a amenée à conclure que les individus étaient par nature soit médiocres, soit artificieux, et que seuls les mouvements de masse, l'agglutination d'individualités, pouvaient parfois mener à quelque progrès ou justice. Je ne saurais dire précisément quand cette conclusion s'est imposée à mon esprit, c'est assez ancien.

J'ai beau maintenir mes capacités de désabusement à la cote la plus haute possible, n'imaginez pas que, complémentairement, il se présenterait à moi davantage de motifs pour admirer tel ou telle. Les gens vous donnent rarement l'opportunité d'être impressionné. Quasiment jamais. On se meut au milieu de ses congénères dans un flottement mou, prémuni de la bourlingue comme des prodiges, baillant d'ennui, plus on avance, forcément, moins encore d'émouvance et d'esbrouffade. Enfin, c'était mon cas jusqu'à présent, jusqu'à ce que le prodige s'impose à moi. Maintenant que j'ai bien compris, je suppose que je ferai rejaillir le prodige autour de moi : parfois le prodige d'une gentillesse extraordinaire, parfois celui de la foudre qui s'abat sur celui qui s'y expose.

Je n'ai pas oublié ma bonne action de chaque jour. Je fais même un détour dans mon voyage de retour, spécialement, avec cet objectif. Je connais un endroit où une bonne action brille comme un diamant au soleil.

Dans la contre-allée au pied d'un immeuble, devant le buraliste, la seule vitrine dont le rideau n'est pas baissé, je gare la voiture. Le quartier est resté gris. Les tâches colorées des containers à ordures, des panneaux publicitaires, n'y peuvent rien, incongrues comme des dessins d'enfant plaqués sur la scène d'un film en noir et blanc. J'ai habité là, autrefois, le pire n'est pas le décor, dont on peut faire abstraction dans l'intimité du logis. Le pire, c'est la promiscuité que dénoncent les bruits continuels. Toutes ces vies empilées, ces ronflements, ces cris, ces vagissements. On anticipe les aboiements de trois heures du matin, quand le fils des voisins du sixième rentre chez ses parents, avec sur sa gueule de petite brute la satisfaction du business qui a bien rapporté. Le claquement de porte de cinq heures du matin, quand la dame du troisième part travailler. Les braillements des mouflets à sept heures. Les gens qui pestent, à huit heures, parce que l'ascenseur est en panne, la cavalcade dans les escaliers. Toute la journée, la télé du barbon du rez-de-chaussée. La télé s'interrompt seulement quand il va hurler sur les gamins qui jouent au foot devant son appartement, parce que les gamins lancent toutes sortes de détritus vers sa fenêtre, quand il la laisse ouverte. Il hurle, l'ancêtre, «ils sont où vos parents», ou encore «vous devriez être à l'école», et les gamins répondent par des bras d'honneur et des insultes à faire rougir une vieille pute.

Ces troupes d'enfants sans adulte, c'est tellement déplacé, comme le vieux tout seul. Ils pourraient sûrement s'arranger ensemble. Pourtant, empiler de force les vieux tout seuls et les gamins mal élevés, ou pas élevés du tout, ça ne résout les problèmes ni des uns ni des autres ; la solution n'est pas loin, je suppose, mais il manque quelque chose. Imagine, le cuistot feignasse qui te balancerait la farine, le beurre, le sucre, sans touiller ni cuire, tiens, v'là tes galettes. Surtout, il y a le mensonge total, l'horreur absolue d'avoir conçu ces morceaux d'espace prêt-à-dormir en leur donnant des faux-airs de territoire : des frontières de contre-allées, de bacs à fleurs, le faux-semblant des quelques commerces qui fermeront bientôt, des noms ronflants ou débiles, parfois ceux d'écrivains que leurs habitants n'ont jamais lus. Tout un artifice qui oublie qu'un territoire se construit sur les arbres qui y poussent, les cailloux qu'on y trouve, le travail qu'on y fait, les rengaines qu'on y chante, les familles qu'on y invite. Des architectes, sous prétexte d'avoir à loger quelques milliers de personnes, ont cru pouvoir faire pousser des villes à partir de rien. Un rapide coup d'œil, on comprend. Rien ne manque à leurs cités, sauf l'essentiel. Loin de moi l'idée de leur jeter la pierre : des personnalités fascinantes, ces architectes, je trouve. Faut quand même un sacré melon, pour penser bricoler en cinq ans ce que d'autres ont mis des siècles ou des millénaires à bâtir. D'ailleurs, leur échec n'est pas total. Certains aspects du concept de territoire ont complètement prospéré dans leurs cités synthétiques. Suffit de voir comment les indigènes accueillent ceux qui en franchissent les limites sans invitation, pompiers, section de CRS ou membres d'autres tribus, pareil. Insultes, jets d'objets divers, souvent, tirs de kalach, quand ça devient sérieux. C'est que, ceux des habitants qui ne préservent pas leur énergie pour espérer fuir, un jour, vers la zone pavillonnaire, ils sont empressés à défendre leur territoire artificiel. Défendre leurs trafics répugnants à quelques milliers d'euros par mois, qu'est-ce qu'on pourrait faire d'autre, leur berline qui va plus vite que la caisse de la BAC, comment je les sèche s'ils essaient de me suivre, et leur réputation de bonhomme, dont on parle jusqu'à Fleury, c'est dire. Dans toute cette chair, tout ce sang, tous ces mots, il doit y avoir de l'utile, du qui peut servir, c'est pitié ce gâchis. Décidément, il faudrait commencer par tomber les immeubles. Les immeubles, les habitants les pourrissent juste un peu, de la demi-mesure. La demi-mesure, normal, pour des presque-villes ? Je m'en étonne pourtant. Pourquoi s'arrêter là ? Peut-être, la réminiscence de la naïveté enfantine, comme si quelqu'un, ailleurs, en avait quelque chose à faire que leurs halls, leurs cages d'escaliers, leurs cages, soient privées d'électricité ou taguées de dessins obscènes ? Sinon, peut-être, s'offrir des raisons de cultiver l'apitoiement sur soi-même. Ou peut-être, c'est pour encourager le voisin à faire ce qu'on n'ose pas, y foutre le feu une bonne fois pour toutes, à ces clapiers.

Les gamins ne sont pas là. Leurs grands frères ne sont pas encore levés, et il fait trop froid pour rester dehors, surtout pieds nus dans les baskets, même si les baskets coûtent un bras. Ils ont pris le RER pour traîner au centre commercial. Autant de stations dans l'autre sens, et c'est la campagne, l'air plus pur, l'espace, l'horizon dégagé, mais ils n'auraient pas l'idée, peut-être même qu'ils n'y croient pas, ils pensent que la campagne, l'espace, l'air pur, ce sont encore des mensonges qu'on leur raconte pour les endormir. Quel dommage que ces gosses soient absents, ils ne profiteront pas de ma bonne action du jour. J'observe discrètement les allées et venues des clients du café tabac, personne ne crie à l'aide. Même pas une jeune maman portant des sacs de courses, que je puisse aider.

Je suis sur le point de repartir, quand je comprends soudain la posture étrange de trois lascars qui tiennent le mur, à quelques dizaines de mètres de là. Il y a un costaud, visage poupin, bas de survêtement noir, tee-shirt, la coupe de cheveux incertaine, le biceps tatoué façon GPS qui prévient, Ici c'est Paris. Les deux autres, pur beurs. L'un grand, affuté, barbe taillée, sapé, la gourmette visible au poignet, on pourrait parfaitement l'imaginer vendre des cuisines équipées ou des fenêtres en PVC, mais plus probablement de la fille albanaise ; le plus petit, très mince, en survêt, ressemble à mille autres qu'on voit ici. Ils doivent avoir entre dix-huit et vingt-cinq ans, bien que je soupçonne le plus petit de faire plus jeune qu'il ne l'est en réalité. L'attelage me paraît assez invraisemblable, il doit y avoir une histoire pour en arriver à une telle troïka. Ces deux-là ne se ressemblent pas, pas des amis, trop différents, ni des frères, mettons, des cousins éloignés qui se sont croisés par hasard. Mais le supporter, alors ? Pas du tout un profil de converti. D'ailleurs, si c'était le cas, il ne fréquenterait pas un aspirant maquereau ? Toujours est-il que, visiblement, le beau gosse saigne du nez, le petit lui tient fermement la tête en arrière tandis que PSG dispense des paroles réconfortantes à ses acolytes. J'ai toujours un paquet de mouchoirs dans mon sac à main, la bonne action est devant moi. Je m'approche du groupe, ils m'ignoreront jusqu'à ce que je sois suffisamment proche pour qu'ils ne puissent plus feindre de ne pas m'avoir vue, je remarque que le beau gosse porte des ecchymoses au visage, des boutons de sa chemise sont arrachés, il ne s'est pas fait ça en glissant sur le trottoir, tant pis, je suis trop près maintenant pour renoncer. Visiblement, il redoute surtout de tâcher de sang sa chemise.

« Je peux vous aider ? »

Estomaqués, que j'ose leur adresser la parole. Le beau gosse amoché aboie : « on se connaît ? »

Heureusement, le maigrichon l'entrave un peu, sur une première impulsion, il m'aurait mis une baffe, direct. Le maigrichon me jauge avec curiosité. Il parle. « Ça va aller, madame, on se débrouille. Excusez-le… il est un peu choqué. » C'est marrant, choqué, c'est pas ce que j'aurais dit. J'ai déjà vu des gens choqués, ils ne ressemblaient pas du tout à ça. Du coup, je vais garder mes mouchoirs. Le troisième larron n'a pas moufté, il a jugé que je ne représentais pas une menace, il joue avec son téléphone portable sans daigner me regarder. Je bats en retraite, pas de problème, au revoir. J'ai fait trois pas quand j'entends la voix du maigrichon qui m'interpelle : mais merci, madame, c'est gentil. Je me retourne. Il sourit comme un soleil, je considère ma bonne action de la journée, validée.

J'ai repris la voiture, manœuvré entre les scooters des livreurs, une camionnette ventouse, sous les regards goguenards ou inquisiteurs des hommes, pour retourner vers la montagne.

Avec l'autoroute, guère plus de cinq heures de route me séparent des enfants, mais je décide de prendre mon temps, je sais qu'une fois rentrée je serai absorbée par le quotidien, difficile de s'extraire du cocon doux du foyer pour se râper la peau sur l'aventure, si je veux faire un détour impromptu, c'est maintenant. Une aubaine, que le séjour chez ma mère ait duré si peu longtemps. Cela n'a rien à voir avec la chance, évidemment, les choses avaient mûri suffisamment pour que, vite, les mots terribles se détachent mollement de sa conversation, je suis arrivée au moment propice pour les recueillir. Tout en conduisant je joue avec les mots, destin, fatalité, dessein, inéluctable, choix, et d'autres, qui dansent dans ma tête puis s'ordonnent et me calment. Les enfants ne m'attendent pas aujourd'hui, de toute façon, je peux vagabonder. Je prendrai la prochaine sortie, sans savoir précisément où elle me conduit.

Je traverse une voie ferrée. Un village désert, des panneaux publicitaires avec des numéros de téléphone à huit chiffres. Pas d'office du tourisme en vue. Pas de lieu remarquable non plus. Il me faudrait une spécialité locale, quelque cadeau à ramener aux enfants ; de préférence comestible, pour mettre tout le monde d'accord. Où le trouver ?
Dans un bourg un peu plus important, puisqu'un rond-point à l'entrée affiche clairement qu'on n'a pas affaire à un hameau arriéré, j'avise une mémé accoudée à la clôture de son jardin. Je ralentis pour m'arrêter à son niveau. Dès qu'elle a compris mes intentions, elle tourne les talons pour se précipiter vers sa maison. Vitre baissée, je hèle, madame s'il vous plait, madame, avec comme seul effet de la faire se hâter davantage. Elle se débarrasse prestement de ses

socques sur le paillasson et s'enferme chez elle ; la porte est sûrement verrouillée à double tour, maintenant. Alors que mon regard tombe sur les sabots abandonnés, je réalise qu'un chausson de laine est resté coincé dans la chaussure droite. Ah, elle s'est sauvée tellement vite qu'elle a abandonné du matériel, la mémé ! Certainement, elle attend derrière la porte, le pied nu, que je parte, pour récupérer l'objet. Fameuse retraite, mais rentrer sans enlever les socques, c'était pas possible. Sans doute, elle vient de passer la serpillière, dans son intérieur formica-toiles cirées. Quel dilemme ça a dû être, dans la fuite, se déchausser ou pas. Je passe de l'ébahissement à l'amusement, puis c'est trop fort, je me mets à rire toute seule, follement, histoire qu'elle ait vraiment peur en me regardant derrière sa porte vitrée. Comme j'ai ri tout mon soûl, les yeux encore humides, je redémarre. À quelques dizaines de mètres, sur une placette, un garçon de dix à douze ans s'essaye au wheeling avec son vélo. Tourner une fois, deux fois autour la placette, il lève la roue avant, elle retombe. Un tour, deux tours, cette fois-ci, il a pu donner deux coups de pédale avant que la gravité ne le rattrape.

« Bonjour, un petit renseignement s'il te plaît !

— Oui ?

— Tu peux me dire s'il y a une boulangerie ou une confiserie près d'ici ?

—Il y a une boulangerie en face de la mairie. Mais pour acheter des bonbons faut aller à l'épicerie.

— C'est où ?

— Tout droit. Faut rester sur cette rue.

— La boulangerie ou l'épicerie ?

— Ben c'est au même endroit. C'est chez les Gérard. Deux frères.

— Merci, bon après-midi.

— De rien. » J'hésite à lui préciser qu'on ne dit pas « de rien ». C'est horriblement grossier. Je laisse tomber, j'ai déjà fait ma b.a. du jour.

« L'épicerie est peut-être fermée. Il ferme à n'importe quelle heure. » Il ferme la main, la porte à son nez en cassant le poignet, un geste qu'on fait pour désigner un ivrogne. J'aurais dû communiquer par signes avec la vieille, tout à l'heure, on dirait.

L'épicerie est fermée. Je vois la clef dans la serrure, à l'intérieur. J'aimerais distinguer le corps allongé du propriétaire, cuvant son vin sous la caisse -pour le pittoresque-, mais ce n'est pas le cas. Juste à côté, la vitrine de la boulangerie flambant neuve, avec le logo d'une société de meunerie sur l'enseigne, la porte, la vitrine. Pour la spécialité locale, ça va être tendu. Je rentre. Une dame de mon âge, derrière le comptoir. C'est la patronne, je le devine au nombre de bagues qui lui boudinent les doigts.

« Bonjour. » Comme si ajouter madame, ou monsieur si elle préfère, allait lui arracher la bouche. Parfois, j'ai l'impression que les mauvaises manières sont la chose la mieux partagée du monde.

« Bonjour madame.

— Qu'est-ce qui vous fallait ?

— Je me demandais… Est-ce que vous auriez une spécialité locale ? Un gâteau, par exemple ?

— Ah par exemple.

— Oui, un gâteau, par exemple.

— Ah oui. On a des tartes aux pommes, des parts de flan.

— Quelque chose que vous seriez les seuls à faire dans le coin ?

— C'est sûr, il n'y a plus que nous comme boulangerie ici. »

Nous sommes dans une impasse. Les bras m'en tombent. Je vais devoir lui faire un dessin. Avec le crayon coincé dans la narine ou l'oreille, du coup. Je regrette de ne pas avoir rencontré le beau-frère. Finalement, je crois avoir trouvé :

« Vous pouvez me dire ce que c'est, ça ? »

Elle regarde avec étonnement les petits gâteaux que je désigne, comme s'ils étaient arrivés là par hasard.

« C'est une idée de mon mari. On vient de les mettre. Du pain d'épices, du sirop de cassis et de la confiture de cassis. C'est tout nouveau, hein.

— J'en prends six. Comment les appelez-vous ?

— Attendez, je vais demander à mon mari. »

Elle disparaît dans l'arrière-boutique. Je l'entends crier, mais je n'entends pas les réponses du mari, il doit être à l'étage, ou dans la cour. De retour, elle m'informe, un peu dubitative :

« C'est des quatre-six-sept.

— Des quatre-six-sept ? Au cassis ? Pourquoi ce nom ?

— Je ne sais pas, je vous dis ce que m'a dit mon mari, pour moi c'est comme des nonettes, j'aurais dit des nonettes au cassis, après c'est lui le chef. Vous les prenez quand même ?

— Bien sûr.

— Quatre euros quatre-vingt s'il vous plaît. »

Sans atermoiement. Compter c'est plus facile, apparemment.

— Il y a des choses à visiter, dans le coin ?

— Comment ça ?

— Des endroits remarquables. Des ouvrages d'art. Des points de vue. Des attractions… Pour les touristes, vous voyez. »
Décidément, tout ce que je raconte est extraordinaire. Je m'attends à ce qu'elle aille consulter son mari, pourtant elle ne bouge pas.
« Il y a le parc de loisirs, enfin c'est fermé en cette saison.
— C'est où ? »

Je quitte la boulangerie, mes cassissettes sous le bras. Cassissettes. Il est pourri, ce nom.

La nuit est tombée vite. La lune couvre les reliefs, les grands arbres de draps argentés, tout à fait comme le ferait la neige. J'ai escaladé la grille sans difficulté. Le parcours du mini-golf est un voyage. J'admire les obstacles de ce monde minuscule, si modestes, si franchissables, si surmontables qu'on en rirait presque, ce mur minuscule, ce pauvre pont. C'est fou comme la petitesse de ces structures invite au jeu, décidément. Petit. Gérable. Jouable. À part ça ? Quelques tables de pique-nique. Deux terrains de pétanque. Je ne crois pas que je puisse maintenir un grand niveau d'intérêt pour ce parc de loisirs. À moins… Qu'est-ce que ce bâtiment ?

Comme une attraction de fête foraine, mais : le saugrenu des décors en medium peint dont la nuit éteint les couleurs, qui paraissent les décors d'un film que l'on verrait en noir et blanc ; le bizarre de cette baraque, toute seule, alors qu'à la fête les stands doivent se serrer les uns contre les autres. Je me rapproche, les décors qui surplombent l'entrée sont des silhouettes grotesques, des têtes énormes sur des corps malingres, avec un bébé gigantesque qui saisit le biberon que lui tend sa mère lilliputienne, enfin on suppose que c'est sa mère, mais vraisemblablement le bébé a très faim, vu sa taille il doit manger énormément, il accepterait un biberon de n'importe qui, d'ailleurs physiologiquement ça ne colle pas, la taille de ce bébé par rapport à celle de sa mère, je ne connais pas d'espèce animale ou le petit pourrait afficher une telle disproportion par rapport à sa génitrice. Le père doit être l'un des échalas à grosse tête. Il n'y a pas de porte pour fermer le passage, en-dessous du panneau « Entrez ! » juste un trou béant. « Entrez ! », ça n'est pas informatif, c'est une invitation, presque une injonction, si je me fais choper ici alors que je n'ai pas le droit d'y être je dirai que j'ai simplement exécuté les consignes du panneau, que j'ai distingué depuis la route, grâce à ma vue perçante.

Il n'y a pas d'ouverture qui permette au clair de lune d'éclairer l'intérieur, je dois me résoudre à allumer la lampe de mon téléphone portable. Un palais des glaces. Il y a devant moi les contours d'un double difforme, habillé et souriant comme moi, et ses contours s'étoffent brutalement selon que je me rapproche ou m'éloigne, à un moment je crois avoir identifié exactement la distance entre nous qui rendrait cette figure plus humaine mais je fais deux pas de trop vers elle et son immense figure rigolarde m'écrase tout à fait. Sur un autre portrait je suis follement mince, sur un autre toute petite. Tout ce palais n'est qu'un unique couloir qui serpente. Un couloir, des murs ornés de miroirs, c'est un peu le corridor qu'on traverse seulement, en jetant un coup d'œil pour vérifier si le chapeau est correctement ajusté. Un sas. Il y a forcément une porte dérobée qui conduit ailleurs, dans le cas contraire, quelle déception. Je me rapproche des miroirs pour les toucher. Un peu souples. Matière plastique. Le verre serait trop risqué, j'imagine. Dégradations, casse, blessures.

Après quelques minutes, le doute me prend. Ce miroir, là, n'offre-t-il pas un reflet fidèle ? N'est-ce pas, vraiment, ce à quoi je ressemble ? Inversée, évidemment. Le reflet dans le miroir n'est pas ce que les autres voient de vous, mais enfin, les proportions sont respectées, l'essentiel est là. Quoique le visage me semble un peu émacié. Mes joues sont plus pleines, je crois, mes yeux et mon nez moins grands. Il doit rapetisser un peu, d'ailleurs, ce miroir. Pourtant je reconnais les équilibres familiers du buste avec les bras, le front et la masse sombre des cheveux, alors ?

Il y a un peu d'angoisse à se découvrir si peu sûre de ce que l'on paraît. Dans la plupart des situations, l'expression fait tout. C'est-à-dire, ce que l'on communique face à un interlocuteur, des interlocuteurs. C'est facile de paraître concerné, attentif, joyeux, occupé ou distant, lorsque quelqu'un se trouve en face, prêt à recevoir ce qu'on met dans un sourire ou un regard ou même le dos tourné ostensiblement, avoir la certitude, sauf à se heurter dans un pays lointain, à quelque rare subtilité du langage corporel, d'avoir revêtu le costume approprié à l'usage que l'on vise. Mais seul face au miroir ? Lorsqu'on est seul spectateur de sa réplique inversée, immobile ? À quoi ressemblé-je, quand personne ne me regarde ?

Je ferme les yeux et me passe la main sur le visage, ouvre les yeux, comme si je pouvais distinguer fugacement une vraie image de moi. Il me semble... tout à coup... je vérifie d'une rapide palpation. La grosseur dans le cou, qui m'avait bouleversée, elle n'y est plus. C'est ce voyage, c'est la vertu curative de la vérité éblouissante qui m'a guérie ! Je glisse d'un miroir à l'autre, je m'examine sous tous les angles tordus de ces glaces, et sous tous ces angles, je suis valide, robuste, florissante !

J'avance dans le corridor, il n'y a pas de porte dérobée, pourtant quand je sors -où est-il, le panneau « Sortez ! » ?- je ne suis plus seulement dans le parc de loisirs un peu nase où je me suis fourvoyée il y a une heure, je suis dans un monde où ma force compte et où mon reflet m'est incompréhensible.

J'escalade la grille pour quitter le parc. Sans doute la révélation de ma guérison miraculeuse m'a épuisée, je ne me sens pas le courage de reprendre la route pour un long trajet. Trouver un hôtel, ici ! J'envisage un court instant de dormir dans la voiture. Puis je m'imagine plus fatiguée encore après une nuit inconfortable. Je viens de ressusciter, c'est pas pour me prendre un platane demain. Je roule doucement, puis, le panneau qui sauve, chambres à louer.
Je suis un petit chemin empierré sur quelques centaines de mètres. C'est une ancienne ferme. Les palettes de matériaux dans la cour hurlent, ici, on rénove ! Je note le pick-up flambant neuf et la petite voiture. Monsieur, madame. Donc pas d'hôte cette nuit. Il y aura de la place.
J'ai sonné. On se précipite. Monsieur et monsieur. Je me suis trompée : c'est parce que dans la pénombre, je n'avais pas remarqué la boule d'attelage sur la petite voiture. Enfin, c'est bien d'être surprise, parfois. Le monsieur qui a ouvert la porte sourit poliment, un peu froidement. L'autre me fait un signe de la tête avant de battre en retraite. L'heure est inhabituelle pour un démarchage à domicile, forcément.
« Bonsoir madame.

— Bonsoir monsieur, est-ce que vous auriez une chambre libre ?

— Pour combien de temps ?

— Juste cette nuit. C'est une étape.

— Généralement, on fonctionne avec des réservations… vous êtes seule ?

— Oui.

— Entrez. On a une chambre de prête, vous avez de la chance. Je vais vous montrer la chambre bleue. On ne prend pas la carte.

— Pas de souci. »

Je suis le monsieur dans l'escalier.

« Vous êtes en pleine rénovation ?

— Oh là, oui. Un an que ça dure. Mon compagnon et moi avons eu un coup de cœur pour ces vieilles pierres. »

Je ne supporte pas cette expression. Un coup de cœur. Pour des murs. Un canapé. Une boîte de cassoulet. Il continue, sans avoir pu voir ma moue.

« C'est un boulot énorme, mais le potentiel est incroyable.

— Il y a beaucoup de passage dans le coin ?

— Beaucoup de passage. Ce qu'il faudrait, c'est quelque chose pour retenir les gens.

— Oui. La boulangère a eu des difficultés à me conseiller une visite touristique dans le secteur.

— Les gens d'ici ne sont pas les mieux informés, vous savez. Ils ne connaissent rien, dix kilomètres autour d'ici, c'est tout.

— Vous n'êtes pas d'ici ?

— Non. De Créteil. Mais la grand-mère de mon compagnon est du village. Elle vit ici. Toute seule dans sa maison, à l'entrée du village.

— Ça doit faciliter les choses. Pour s'intégrer à la vie locale. »

Il hésite.

« Elle est un peu folle…un peu sauvage… Ici… C'est un village… il y a un esprit qui reste assez rural… pour un couple comme le nôtre, il y a des moments compliqués.
— C'est l'anti parisianisme. C'est terrible.
— Je crois plutôt que c'est parce que nous sommes gays. » Il enchaîne.
« À notre époque, être traité différemment, ostracisé ou violenté pour ce que l'on est, alors qu'on n'empêche personne de vivre, c'est incroyable. » Une militata. Soit. Mais le genre pleureur, c'est ma veine.
Je me demande s'il faudrait évoquer, pour qu'il sache que je comprends, les mains au cul si t'es une fille, les contrôles de police si t'es noir, mais ça fait trop de monde, c'est trop vaste, trop vertigineux, il va perdre espoir, il ne va pas s'en remettre. Pour commencer doucement, je pourrais lui parler des Rohingyas en Birmanie ou des chrétiens du Pakistan. Après réflexion, j'essaie la complicité décontractée.
« Je vous rassure, je n'ai rien contre les gays. À titre personnel, je comprends parfaitement qu'on puisse désirer, ou s'éprendre d'un homme. » Il sourit. Je poursuis :
« Moi, c'est les gouines que je ne supporte pas. »
Pas pu m'empêcher. Pour voir sa tête. Je sais, c'est mal. Puéril. Mon côté sale gosse, plutôt discret d'habitude. Rattrape le coup, me dis-je, si tu ne veux pas dormir dans un siège baquet cette nuit. J'ai une bonne sociabilité de surface, il faut que je capitalise là-dessus. On ne peut pas se laisser aller n'importe quand. En serrant un peu les lèvres, en plissant les yeux, je fais de la magie : je mets sur mon visage un masque, le visage de la mère de mon interlocuteur. Je sais à quoi elle ressemble, cette dame. Son visage, ce sont les points communs entre les traits de son fils et ceux du compagnon que j'ai aperçu. On choisit

toujours quelqu'un qui ressemble à la mère. Après un silence, je prends des intonations compatissantes.

« Vous voyez, vous trouverez toujours des gens qui ont des réactions irrationnelles, on n'y peut rien. Nous ne sommes que la somme de nos névroses. La seule chose à faire, c'est de ne pas se laisser contaminer. Ne pas finir par s'empêcher soi-même. »

Pas mal comme laïus, je trouve, vu l'heure tardive. Il hésite, mais pour lui aussi, l'heure est trop avancée pour débattre ou s'indigner, nous rompons là l'échange.

« Je comprends. Mais on ne se laisse pas décourager, vous savez. Voilà la chambre.

— C'est magnifique.

— Merci. Vous prendrez un petit déjeuner ?

— Oui. Vers neuf heures, je pense.

— Ne vous inquiétez pas, tout sera à disposition dans la salle à manger entre huit et onze heures. Si vous voulez sortir ce soir, le double des clefs est dans le gros pot en grès, sur le bureau, à l'entrée.

— Je ne suis pas sûre de vouloir goûter à la vie nocturne du village cette fois-ci.

— Comme vous voudrez. Il y a un pub sympa, mais c'est à trente kilomètres.

— Merci.

— Bonne soirée.

— Bonne soirée. »

La chambre est faussement classique, murs couleur coquille d'œuf, parquet. Mobilier ciré, lit, bureau, commode, style Louis-Philippe en merisier ; des luminaires design. Un portrait de jeune fille, d'avant-guerre, assez joliment exécuté, un miroir baroque au mur ; de sobres rideaux de velours gris. Rien d'osé, rien qui puisse heurter le goût des hôtes. Mais le plafond ! Le plafond est bleu, bleu des mers du sud. C'est magnifique. Je m'allonge sur le lit immense. En regardant attentivement, m'aident les ombres, je peux distinguer des nuances, des zones plus claires, d'autres plus sombres. Tantôt l'impression qu'une vague va s'abattre et vous submerger, tantôt l'envie impérieuse de s'élever pour s'y engloutir. Aspiration. Respiration. Élévation. Je plonge comme je vole.

****

Tout a brûlé. J'ai été absente longtemps. Les pierres de la petite maison sont noircies. Les poutrelles de la toiture se sont effondrées. La table, la chaise, le matelas : du charbon. Pourtant, tout autour reste beau et brillant. Brillants les cailloux blancs sur le sol, luisantes les feuilles du laurier. Pourtant, je ne suis pas triste. Ici, il ne pleut pas. Il ne fait jamais froid. Il n'y a guère de prédateurs à redouter. Je n'ai pas vraiment besoin d'un abri. La petite maison était là longtemps avant que je m'y installe. C'est simplement à mon tour de la reconstruire.
Je jette un coup d'œil en bas de la falaise. Les corps ont disparu.
C'est un bon présage.
A quelque distance de la maison, je fais un tas des morceaux de charpente. Il me suffit d'étreindre fermement les pièces de bois pour que leur essence onirique s'ébroue et se débarrasse du poids et je peux les disposer à ma guise. Je balaie le sol du logis à l'aide de branchages. Je pense que c'était dommage, ce toit, de toute façon il empêcherait de profiter, allongée sur la couchette, du ciel la nuit, si

jamais la nuit se décidait à venir. Peut-être des paillons suffiraient à protéger du soleil pendant la journée ? Je réglerai la question du toit plus tard. Il me faut d'abord une table, une chaise, pour écrire si le besoin s'en fait sentir. Un lit, pour m'étendre puis me réveiller dans mon autre vie, la vie avec des enfants, avec de la neige en hiver. Je descends sur la plage, pour y glaner de quoi meubler la petite maison. Je vais trouver sans difficulté. Depuis le temps que je viens ici, je soupçonne des naufrageurs d'être à l'œuvre sur ces côtes. Invisibles, nuiteux, balancent leurs tristes lanternes quand le jour me retient ailleurs. Des bouts de leur butin s'échouent sur ma plage ; comme un rat fait festin des déchets de charognards, j'y puise mes trésors. Il y a un bidon en plastique, là, qui sera le pied de ma table. Je devrai ficeler de lambeaux de filet des planches qui feront un plateau. Inimaginable, trouver un lit, le hisser en haut de la falaise, même ici, c'est trop difficile. Alors je ferme les yeux, jusqu'à ce que les vagues poussent à mes pieds le caoutchouc huilé, à peine dégonflé, je ne vois pas de marque mais je l'appelle Zodiac c'est joli-Zodiac sera ma couchette comme c'est approprié, puisqu'il m'aidera à naviguer entre ici et là-bas, à moins que ce ne soit carrément naviguer entre maintenant et demain, ce qui est considérable, énorme, c'est même une promotion inouïe pour cette baudruche. Un peu moins d'une dizaine d'allers et retours entre la plage et la masure. La voici meublée, à nouveau. À nouveau chez moi.
Enfin, je peux m'assoir, me laisser bercer, tout à l'entour est mélopée, caresse.
Je m'assieds en tailleur sur le pas de ma porte, je contemple le bleu du ciel et le bleu de la mer...

Quand un lézard, très beau, doré, trapu, surgit de sous une pierre.
D'abord, le lézard semble lui aussi contempler l'horizon, puis il pivote bizarrement la tête vers moi. Sans que sa mâchoire ne bouge, il déclare :
En général, je ne mange que des cafards.
Les minuscules pattes du lézard doré saisissent délicatement le papillon gracile, posé sur mes cheveux, juste à côté de mon oreille. Puis il ouvre goulûment l'angle de sa gueule en fer de lance.

****

Le lendemain, j'ai signé le livre d'or du gîte, après y avoir laissé un message dithyrambique. L'expression même, « livre d'or », l'indique clairement, ceux-là qui vous le mettent sous le nez s'attendent à ce que vous n'écriviez pas n'importe quoi. Si l'envie vous prend d'y mettre du plomb, abstenez-vous d'y griffonner quoi que ce soit. Dithyrambique, le message. Bonne action du jour -*fait*. Je me demande si je ne suis pas trop arrangeante avec moi-même, niveau bonnes actions... Disons que je monterai progressivement en puissance... en même temps, je n'ai pas distribué de poème récemment, je ne dois pas être loin de l'équilibre... Dans le livre d'or, il y avait encore beaucoup de pages blanches, bien que le premier message, quelques phrases en anglais, ait été déposé un an auparavant déjà.
J'ai pensé à ceux, un couple d'amants supposons, qui feuillèteraient le livre d'or plus tard. Exactement comme je le faisais à cet instant, curieuse, un peu déçue de n'y rien trouver que du convenu. Je l'ai refermé, puis ouvert à

nouveau, à peu près aux trois quarts de son épaisseur. Quelqu'un peut-être, un jour, finirait par tourner cette page, tandis que quelqu'un d'autre, non, quelqu'une, poserait sa main sur son épaule. Oui, il y aurait forcément un visage, mignon, doux ou altier, entier absorbé dans l'effort de déchiffrer par-dessus l'épaule puissante ou nerveuse. J'ai caressé le vélin blanc, me suis appliquée en écrivant, car le dessin de mes lettres est parfois capricieux jusqu'à l'illisible.

Rien qu'une image de toi et moi,
Il n'y a pas d'amour réel ;
Mais la douceur se trouve parfois,
Au silence bleu des motels.

Rien de trop naïf, rien de grandiloquent, mais gentil, consolant quand même. Enfin, c'est ce qu'il m'a semblé sur le moment. Puis j'ai refermé le livre d'or, m'assurant que mon incursion dans la zone jusqu'alors vierge des pages blanches ne soit pas visible par quelque béance sur la tranche, j'ai payé mes hôtes, et je suis repartie, encore, vers mes montagnes. Enfin, les montagnes. Je chante, je suis forte, j'ai le dos large, je crâne, je suis guérie, je roule vite dans ma voiture, guillerette comme la galette, roule, roule.

Les enfants ont remarqué que j'étais en pleine forme. Ils sont contents, ils n'ont pas l'impression d'avoir sacrifié la semaine pour rien. Ils me demandent : est-ce que l'air de la mer ne me réussirait pas davantage que l'altitude ? C'est possible. L'idéal, ce serait sûrement les deux.
Le soir en rentrant, Lapin a déclaré :
« Ethan est arrivé en retard aujourd'hui. À cause des bonnes résolutions de la nouvelle année.
— Il a pris la bonne résolution d'arriver en retard au collège ?
— Non, il a pris la bonne résolution de venir à pied, plutôt qu'en voiture. Pour la planète.
— C'est super.
— Oui. Mais il était en retard.
— Il faut qu'il parte plus tôt de chez lui, c'est tout.
— Le problème, c'est qu'en venant à pied, il est tenté de s'arrêter. La boulangerie, pour les bonbons, par exemple. Nous, on n'a pas pris de bonnes résolutions, cette année ?
— Moi si.
— Quoi ?
— Je vais essayer d'être plus gentille.

— Mais t'es déjà gentille. T'es une maman super gentille.

— Merci Lapin. Tu veux prendre une bonne résolution, toi ?

— Non. C'est trop de pression. »

La grande est intervenue, pour me rappeler à l'ordre :

« Tu devrais plutôt prendre la bonne résolution de recommencer à écrire. Il y a un moment que tu n'as pas écrit.

— Je ne sais pas. Tu sais, il y a ce truc qui cloche avec mon dernier manuscrit…

— Tu ne sais toujours pas d'où vient le problème ?

— Si, je crois que j'ai une idée. Mais cela ne veut pas dire que je peux régler ça.

— Allez, un peu de persévérance !

— Je vais voir. »

Évidemment, je ne peux pas expliquer à ma fille pourquoi je n'écrirai plus, comme ça, au petit bonheur, pourquoi il me faut prendre des précautions chirurgicales, pourquoi j'ai renoncé à la reconnaissance universelle de mon œuvre. Ce serait trop compliqué. J'imagine qu'elle se déshabituera petit à petit.

Les mois qui ont suivi furent paisibles. Je suis devenue un modèle de stoïcisme et la vie courante, ou stagnante, m'est comme l'eau pour le poisson. Les jours rallongent, dans le jardin à nouveau des bâtons de bois, des balles ou un manteau délaissés par les enfants. Je vais reprendre mes activités potagères, que j'aime bien. Il y aura ces deux mois sans salaire qui vont arriver vite, une autre source de revenu ce serait mieux, je ne me vois plus laisser les enfants chez ma mère maintenant, mais les occuper ici ce sera coûteux, alors je parcoure mollement les offres de jobs saisonniers d'un quotidien régional, en buvant mon café.

Je me suis trompée. La grande n'a pas oublié.

« Tu devrais profiter de l'été pour retravailler ton recueil de poèmes, plutôt que d'aller bosser au Mc Do.

— Ce serait bien d'avoir un peu de sous. On ne va pas manger que les œufs de nos poules et les tomates du potager pendant deux mois.

— Bah, il y a aussi les salades et les haricots verts, Moi ça me va.

— Pour les poèmes que j'ai écrits, je suis sûre que c'est mort. Il faudrait que je recommence quelque chose de neuf, mais je n'ai pas d'idée. Du coup autant trouver un petit boulot.

— Ah bon ? T'as plus d'idée ?

— Non.

— Même une petite ?

— Rien du tout.

— Alors il faut reprendre ce que tu as fait. Pas le choix. Il est où, le manuscrit maudit ? »

Je ne réponds pas, elle fouille déjà les meubles du salon, au bout de vingt minutes elle agite victorieusement une pile de feuilles.

Elle décide de passer en revue mes poèmes, à nouveau.

Elle a déjà tout lu, plusieurs fois, mais les parcourt encore, ah oui, celui-là, il est super, celui-là on comprend rien, t'es au courant ?

Tout à coup, je la vois qui hésite. Elle relit. Elle me regarde.

« Celui-là... tu ne l'aurais pas écrit pour quelqu'un en particulier ?

— Pourquoi tu demandes ça ?

— Il n'est pas comme les autres. Ils sont tous différents. Mais celui-là, il est différent d'une autre façon... un peu plus naïf, on va dire. »
Elle veut dire, complètement niais. Je jette un coup d'œil.
« Pour quelqu'un en particulier ? Non.

— Et tu ne l'as pas écrit en pensant à quelqu'un en particulier ? »
Comme je ne réponds plus, elle s'anime.
« Je le savais ! Je le savais, je le savais ! C'est qui ? Je parie que c'est le prof d'art plastique, le moche tout pâle ?

— Il n'est pas moche. Bien porter un pantalon en cuir, c'est pas donné à tout le monde. Mais non, c'est pas lui.

— Le mannequin de la pub, là, qu'on a vue à la télé, la pub pour la voiture...

— Je ne vois pas.

— Mais si ! T'as dit qu'il était sexy.

— Ben non, je vois pas. Ah oui. Le cabriolet est plutôt sexy, effectivement. Surtout en bleu, j'aime bien le bleu.

— Bon alors, tu me dis ?

— Non. De toute façon, je ne le connais même pas.

— Mais tu sais qui c'est ?

— Oui.

— Il faut que tu lui lises le poème ! Elle vient de là, la malédiction, tu t'es arrêtée dans ton élan. Le gars, tu lui lis le poème, et hop, tranquille, la boucle est bouclée. Tout finit bien, tu trouves un éditeur étanche, les oiseaux chantent et on vit heureux de longues années.

— Comment veux-tu que je fasse une chose pareille ? Je ne le connais pas. Tu m'écoutes, un peu ?

— Tu te débrouilles ! C'est un parent d'élève ? Un vendeur dans un magasin ? Trouve un truc ! Secoue-toi un peu les neurones. Déjà que tu ne fais pas de sport, si t'arrêtes de réfléchir, je commence à me renseigner sur les maisons de retraite.

— De toute façon, si je lui parlais vraiment, je suis sûre que ça me tuerait l'inspiration. Ce serait contre-productif à moyen terme.

— Pourquoi ça tuerait l'inspiration ?

— Parce que c'est pas du tout mon type.

— C'est-à-dire ?

— Physiquement, c'est plutôt le genre Richard Burton que Peter O'Toole, tu vois.

— Ah, ok, mais, si c'est seulement ça, je peux le mettre au régime et lui payer sa décolo, moi, à Richard Burton ! T'es sérieuse ? C'est dans nos critères, ça ?

— Nos critères ?

— … le plus important, pour la conversation, c'est plutôt ce qu'il a en-dessous des cheveux, Boucles d'Or ?… Non ?

— Tu me crois superficielle à ce point-là ? On dévie complètement du sujet, là. Les cheveux, ou je ne sais pas quoi, on s'en fiche.

— C'est toi qui as parlé du physique.

— D'accord, d'accord, ça m'est venu à l'esprit comme ça, je ne sais pas pourquoi, excuse-moi. Bref, on disait quoi, avant ?

— Ah, en vrai… T'es intéressée. C'est un casse-croûte potentiel, le type. C'est cool.

— Mais non, pas du tout, c'est plus compliqué, ce n'est pas quelqu'un que je peux aborder comme ça. Disons qu'il s'agirait… d'une muse.

— Une muse. Tout à fait. Une muse avec les joues qui piquent…

— Cette conversation est complètement déplacée. J'arrête.

— … un casse-croûte potentiel, quoi.

— Ok, je suis gênée, on arrête ?

— Je t'aide, et toi, tu te fâches.

— Je ne veux pas parler avec toi de casse-croûte, ou de mec, ou de je ne sais pas quoi. Alors je ne me fâche pas, je m'escampe.

— T'es pas simple, quand même !

— Exactement, tu imagines, comme il serait à plaindre, Richard ? Tu as eu le temps de passer à la boulangerie ? »

C'est vrai, on s'en fout du physique. Enfin moi, en tout cas. L'apparence, ça aide juste pour séduire. Je ne veux pas savoir si je peux séduire, je voudrais savoir si je peux être aimée. Mais peut-être que ma muse n'est pas comme moi. Il n'a pas forcément le cœur re-couturé avec les cicatrices comme des bourrelets, accalmé de force par l'ourlet qui risque de craquer. Je me demande l'importance qu'il y accorde, lui, au physique. Si je suis son genre. C'est pas gagné, la taille trente-six ça fait pas tout. Du coup, ce serait mieux qu'il pense un peu comme moi, à propos du physique qui n'est pas si important… Voilà, alors même que je sais que je ne devrais pas commencer à penser à ce genre de choses, que c'est pas bon pour moi, je plonge.

Depuis de longs mois j'avais mis de côté ce type de considérations. Deux minutes de conversation avec ma fille et tout m'est revenu. La faute à ce soubresaut, au printemps, l'année dernière - la saison a dû y faire beaucoup. Cet homme, je le connaissais comme beaucoup de monde je crois, c'est-à-dire pas du tout, disons que c'est un nom qu'on peut lire dans un journal ou entendre à la radio, mais moi je l'ai vu en vrai. Pas très grand. Un visage sans aspérité particulière, ni beau, ni laid. L'habileté langagière, évidemment, c'était la moindre des choses, c'est pour cela qu'il était, ce jour-là, de ce côté-là de la table, lui et pas n'importe qui d'autre. Il parlait d'un projet qui lui tenait à cœur, et à un moment j'aurais juré qu'il me regardait, comme j'étais entrée dans la salle de conférence un peu par désœuvrement parce que j'avais fait trop vite le tour du salon, toutes les chaises de la salle étaient occupées alors je suis restée collée au mur du fond, donc c'était tout à fait possible qu'il m'ait regardée à un moment, par hasard, et après ce regard, comment dire, tout ce qu'il a dit m'a frappée. Je savais parfaitement l'ennui qu'il avait à réciter ces choses importantes, justement parce qu'elles étaient importantes, aussi ce à quoi il pensait en même temps, je savais comme il choisissait de faire abstraction ou pas des femmes troublantes ou troublées dans l'assemblée, je sentais presque dans ma chair comme il se jugeait à ce moment précis, lui et sa petite notoriété, lui sujet devant les gens, qui étaient juste les objets de ses réflexions, de ses fantasmes ou de ses ambitions, j'étais jalouse de lui alors j'aurais voulu qu'il sache que moi aussi j'étais capable de jouer à ce petit jeu triste et prétentieux, j'étais même capable de le battre à ce jeu-là, en même temps j'aurais voulu le remercier, parce qu'avec ses mots choisis, ses attitudes audacieuses, je pouvais choisir le plaisir d'être seulement charmée, pour peu que je fasse l'effort de ne pas trop lire en lui, puis j'aurais voulu le consoler, qu'il me console, parce que, au fond vraiment, entre quelques exultations tout est triste et je voyais bien qu'il le savait lui aussi.

Ce jour-là j'étais rentrée chez moi, puis j'avais écrit en pensant à cet homme, non pas comme à une image ou une curiosité, mais comme j'aurais pu penser au vacarme de l'orage ou aux craquements des arbres quand le vent les fait danser ; j'avais une sorte de fièvre qui me faisait trembler ; c'était effrayant mais délicieux. Je me suis dit que je devais me renseigner sur cet homme, déjà je ne savais plus si je lui avais trouvé une retenue placide, un peu désabusée, curieusement excitante, ou plutôt une angoisse qui incitait à la douceur, ou autre chose encore. Quoi qu'il en soit, c'était tout à fait inspirant. Tout à coup, je cernais parfaitement l'émoi de mes élèves pré-pubères, quand elles gloussaient en parlant de ce chanteur notoirement homosexuel, j'aurais pu en faire une ballade. Il y avait les râles d'une bourgeoise à l'arrière d'une voiture de luxe, le collier de perles qu'elle faisait glisser entre ses cuisses en criant le nom du chauffeur : un sonnet. Il y avait d'autres choses encore, qui me vinrent au cœur mais que je ne comprenais pas, et dont je ne savais que faire à cet instant, une nausée, des gratte-ciels, des cerisiers en fleurs, de la colère, de la pitié. J'ai écrit longtemps, je ne doutais pas que cette prolixité résultait de ma presque rencontre et du presque coup de foudre qui avait eu lieu.

Après, les enfants sont rentrés, il y a eu un souci avec le lave-vaisselle, j'ai cherché comment traduire système anti-débordement en allemand puis j'ai longuement menacé la machine récalcitrante avec un tournevis, puis j'ai appelé le service après-vente, puis je n'ai plus pensé au séduisant sujet qui m'avait occupée quelques heures auparavant, quand ça m'est revenu quelques jours après c'était trop tard, la fièvre était retombée.

Mais si j'avais cogné mes mots d'amour contre le dos d'un véritable amour, le choc les aurait désamorcés, peut-être, ils auraient été des mots ordinaires et après j'aurais pu en faire ce que j'aurais voulu, les réciter, les publier, sans risque de blesser la foule. La difficulté, c'est de trouver le dos

adéquat. Au fond de moi, je suis persuadée d'être absolument romantique, fleur bleue même, prête à perdre la tête pour une œillade, pourtant, ça ne m'est jamais arrivé.
Si. Au printemps dernier. Pendant presque quatre heures. Sans même lui avoir parlé. Quelqu'un d'avisé négligerait-il une opportunité pareille ?
Je vais rencontrer mon conférencier magique et lui parler. Je vais trouver un moyen. Nous nous séduirons mutuellement, j'écrirai pour lui des mots d'amour passionnés, imbéciles, l'ordre naturel de l'univers sera rétabli. Je prends le PC sur le bureau, comme Internet est mon ami, je tape son nom sur le clavier. En même temps, j'ouvre un onglet pour signer une pétition en soutien aux femmes victimes de violences conjugales- bonne action du jour, *done*.

Après la récréation, je découvre un paquet de cookies bio sur mon bureau. Mon collègue de la salle d'à côté s'émerveille, dis donc, ils t'ont à la bonne, tes élèves. Pas du tout, en fait. Pas que je sache, en tout cas. Je l'ai payé, le paquet de cookies. Je finance un échange scolaire, ou une école au Guatemala, je ne sais plus.
C'est bizarre que les élèves ne l'aient pas sollicité, le collègue. Moi on me demande toujours plein de choses. Le randonneur égaré, c'est chez moi qu'il vient sonner. Au supermarché, c'est à moi que la grand-mère en origami demande, quand il faut attraper le flacon d'eau de Cologne sur le rayon du haut. Même quand j'ai mon air sévère. Depuis que je suis toute petite. Même, l'air sévère, ça doit être un petit défi pour les autres, peut-être qu'ils frissonnent exactement comme les enfants qui collent leurs mains au grand aquarium des requins, en sachant que dans ces conditions, ils ne risquent rien. Enfin ils frissonneraient s'ils savaient, mais je souris, j'ai mes bonnes actions à faire, tout est sous contrôle, je contrôle.
Je profite d'une séance de travaux pratiques pour abandonner mes élèves, intellectuellement et pédagogiquement parlant. Je fais semblant de corriger des

copies en réfléchissant à mon nouvel objectif, créer les conditions propices à une séance de lecture avec monsieur xxx, le conférencier magique, la muse printanière. De temps en temps, je leur rappelle, aux jeunes, plus que cinquante minutes, plus que quarante minutes, pour les rassurer, la prof n'a pas totalement oublié pourquoi elle est là.

Je pourrais faire la groupie. Cet homme doit bien avoir un blog sur lequel je pourrais laisser des messages admiratifs, j'adooore ce que vous faites, tout le monde a un blog maintenant. Je prendrais un pseudo mignon. Kikou92. Ou aguichant. Blonde_Vanessa. Ou complice. Sombre.interiorité.de.la.pensée. Après ça je camperais en bas de chez lui -je trouverais l'adresse d'une façon ou d'une autre-, de cette façon dès qu'il sortirait je serais dans les starting-blocks pour lui expliquer à quel point l'expression de sa sensibilité, dans les combats qu'il mène- il faudra que je creuse, pour cette histoire de noble cause- me touche. C'est moi, Kikou92, discutons un peu. Normalement, c'est à ce moment-là qu'il appellerait les flics. Tu penses, supposons qu'il ait une femme et des mouflets, le gars, il ne voudrait pas risquer de se faire johnlennoniser. À moins qu'il n'appelle les pompiers, si j'ai passé des heures dehors sous la pluie, que j'ai chopé une crève terrible et que je fais pitié. Peu importe, dans les deux cas mon éloignement aurait lieu avant que je puisse arriver à mes fins.

Plutôt non, du coup.

« Madame, Michel m'a mis de la levure dans les cheveux !
— Pas grave, c'est très bon pour le cuir chevelu. Michel, ton carnet, tu vas au fond de la classe.

— Mais j'ai rien fait, je vous jure ! Comment elle mitonne, elle !

— Madame, je peux aller aux toilettes pour me nettoyer les cheveux ?

— Oui.

— Alicia peut venir avec moi ?

— Non.

— Comme ça elle pourra regarder si j'en ai encore des trucs sur la tête ?

— Tu veux dire des cheveux ? Non. »

Je les apprécie beaucoup. Ils sont une distraction formidable. Ils tiennent parfaitement leurs rôles, avec juste la petite dose d'impro qui va bien. Dommage que ce soit chaque fois un remake de l'année précédente.

Je pourrais discrètement infiltrer son entourage. Au minimum, il doit aller chez le coiffeur ou à la pharmacie, parfois. Il doit leur parler, au coiffeur, au pharmacien, établir du lien social. Admettons, les études de pharma, c'est un tantinet long. Disons un CAP de coiffure. Puis trouver le salon qu'il fréquente, m'y faire embaucher. Bon plan, une coiffeuse, on ne se méfie pas, surtout au moment du shampoing d'ailleurs, les clients ont les yeux fermés, la tête renversée, la gorge offerte tout en sachant que la desserte à côté supporte une demi-douzaine de paires de ciseaux, c'est fou quand on y pense, c'est touchant cet abandon, ces gens je pourrais les prendre dans mes bras, mais déjà, lui, je pourrais lui parler. Sauf que, beaucoup de temps pour toucher au but. Imaginons que la calvitie le rattrape, qu'il lui prenne la lubie de se raser la tête… De plus, on me demanderait de faire des efforts de présentation, je ne saurais pas faire. Le patron aurait sa

marque de teinture fétiche, pas moyen de varier les toxiques. Il y aurait les nocturnes du jeudi soir. Pas moyen non plus d'écrire pendant les heures creuses, rapport aux peignoirs à mettre au lavage, aux fauteuils à désinfecter, que sais-je ! L'analyse investissement-bénéfice du scénario est décidément défavorable.
C'est encore non.

« Madame, vous allez me mettre une heure de colle ?
— Je ne sais pas encore.
— Faites pas ça madame s'il vous plaît, ma mère me laissera pas sortir ce soir sinon... On va encore s'embrouiller.
— Ouais madame, il doit venir chez moi pour réviser.
— Réviser quoi ?
— Ben... un peu tout... les sciences, quoi.
— Oui, quand je suis enfermé chez moi j'arrive pas à travailler. »

Bien vu. La solution la plus efficace, c'est le rapt suivi de la séquestration. Je ne doute pas d'être en mesure de provoquer un syndrome de Stockholm sensationnel chez ma victime. L'affaire de quelques jours. À genoux, qu'il m'implorerait de lui couper les cheveux, de lui donner ses médicaments, ou de lui parler. Il ne serait pas, je crois, trop malheureux. Cependant la dimension logistique du plan est cruciale. Problématique, dirais-je. Maîtriser la personne, à la limite, le droguer... mais le transporter ? Un homme, c'est tout plat, pas de seins, pas de fesses, pas de cheveux. On ne se méfie pas, et paf, ça vous tare soixante-cinq, soixante-dix kilos sur la balance, l'air de rien. Ou davantage. On ne déplace pas une telle masse si facilement,

même en misant sur un improbable shoot d'adrénaline. Payer des complices... fabriquer des témoins, ah non. Après, il faut le mettre au frais, à l'abri des regards, le temps de le stockolmiser. Compliqué. Dans le garage... si les enfants tombent dessus... Louer un studio ? Trop exposé. Refaire l'isolation, obturer les fenêtres. Coûteux.
Pas possible.
Puis, chanterait-il encore, le canari, enfermé dans sa cage ? Si je m'en lasse, je ne pourrais pas le relâcher dans la nature, il ne survivrait pas.

« On a fini le TP.
— Bravo. Il y a vos noms sur toutes les feuilles ?
— Alicia t'as pas mis ton nom !
— Tu peux l'écrire s'il te plaît ?
— Attends je l'écris.
— Oui merci.
— Attends le rends pas maintenant Emma elle a pas trouvé ça, à l'exercice trois.
— Madame il reste combien de temps ?
— Dans quinze minutes je ramasse.
— On regarde juste ça...
— Mais non ça va on le rend là, ça va sonner. C'est sur combien de points le trois ?
— Attends y'a Mélody qui demande à Emma...
— Vous savez que vous ne devriez travailler qu'avec votre groupe... Travailler à huit sur un TP c'est pas la même qu'à quatre...
— Oh madame soyez sympa, on avait Michel dans notre groupe, il n'a rien fait.
— Il nous a ralentis même.
— Pourquoi vous l'avez pris dans votre groupe alors ?

— C'est Mélody qui a eu la pitié… ça m'énerve…
— Là tu mets quarante degrés.
— T'es sûre ?
— Le groupe d'Emma ils ont trouvé ça.
— Tenez madame.
— Vous croyez qu'on aura combien ?
— Je ne sais pas, il faudrait que je lise votre copie d'abord.
— Madame, c'était quoi la réponse à l'exercice trois ?
— Quarante degrés Celsius.
— Yes ! C'est grave si on n'a pas mis Celsius ? »

Je vais aussi donner des points à ceux qui ont convaincu leurs camarades bosseurs de leur filer la bonne réponse, tant qu'il n'y a pas eu menace ou agression. Après tout, l'effort mérite toujours récompense, ils font en fonction de leurs moyens, ils n'ont pas tous les mêmes capacités. Je suis gentille.
« Rangez les tables et les chaises, vous ne sortirez pas avant que tout soit en ordre.
— Madame, je peux récupérer mon carnet ?
— Vas-y, qu'est-ce qu'elle a mis ?
— Rien.
— Vas-y fais pas l'enfant, t'as une heure de colle ou pas ?
— Rien je te dis, juste une observation, c'est bon. »
C'est difficile de mettre le curseur au bon niveau, parfois. Leur sensibilité varie d'un jour sur l'autre, selon le temps qu'il fait, ou le groupe de potes avec lequel ils ont traîné la veille. Il faudrait faire un test d'humeur avant chaque cours.

Je ne dirais pas que ce cours fut très utile, je n'ai pas de solution. C'est pas faute d'avoir bossé…
La lumière vint des cookies caritatifs.

C'était là depuis le début sans que mon esprit s'y arrête.
Les bonnes œuvres. Je cherche à nouveau, sur le PC de la salle de cours. Penser à supprimer l'historique des recherches à la fin. Je finis par identifier ce qui la révolte, ma muse. Cet homme-là s'insurge contre l'indifférence, celle qui nous fait détourner le regard de ceux qui viennent échouer leur misère sur nos frontières, l'égoïsme qui fait hurler quand quelques malheureux traversent les filets et poussent l'impertinence jusqu'à quémander dans nos rues. Apparemment, il est imperméable au bon sens. Parce que, s'il faisait l'effort, il comprendrait, c'est bien la peine d'avoir défendu ces frontières, dans le sang et la douleur - enfin, pas nous, le grand-père, mais bon c'est pareil- pour voir de telles choses ! Ah, il doit se retourner dans sa tombe, le pépé, de savoir ces hordes en train de déferler sur nos terres ! Heureusement qu'il est plus là pour voir ça, lui qui a tellement souffert ! D'ailleurs, si on pouvait, on achèterait français tout le temps, en hommage, mais c'est vrai que c'est plus cher. Tous ces malheureux, au lieu de chercher l'eldorado ailleurs, ils devraient faire comme les chinois et travailler, faites des téléphones, pas la guerre ! Ils s'en sortent les chinois, j'ai jamais vu un chinois pleurer à la télé, même ceux qui travaillent dans la restauration, qu'est pas un métier facile, tandis que nous, c'est triste à dire, mais on est devenu un pays de feignants. T'as qu'à voir les profs, tiens. Il y en a qui se sont battus, qui sont morts, pour que ces feignasses de fonctionnaires soient au chaud maintenant, et eux tout ce qu'ils font, c'est se plaindre et réclamer et manifester. Pendant ce temps-là, forcément, les gosses restent à la maison, ils jouent à des jeux débiles ou regardent la télé, c'est normal, c'est des gosses quoi, que

veux-tu qu'on y fasse ! Après, on se demande pourquoi tout fout le camp.

Mon conférencier magique n'est qu'un vil bobo dédaignant l'avis des vraies gens, toujours du côté de la veuve et de l'orphelin, surtout les basanés. Je me demande si je ne risque pas de m'ennuyer trop rapidement avec lui. Je veux bien reconnaître que certaines choses sont justes et d'autres non. Mais reconnaître les gentils des méchants, c'est loin d'être évident, moi bien sûr j'ai cette capacité spéciale, qui m'est tombée dessus sans le vouloir. Quoique, quand je dis capacité spéciale, c'est plutôt que je reconnais les méchants *a posteriori*, quand l'inéluctable s'est accompli, je suis juste l'instrument. Lui, il pourrait juger, avant ? Je pense qu'il faudra que nous en discutions. Je crains que ce ne soit de la prétention. Enfin, en l'occurrence, c'est une marotte qui m'arrange. Je lis attentivement son entretien avec madame xxx, publié sur un site d'information, et les commentaires de *tjrslesmêmes*. Cette dame refuse, de façon complètement dogmatique, *sans avoir le courage de se poser les vraies questions*, de laisser des étrangers mineurs dormir seuls dehors. Elle a même créé dans son département une petite association qui leur vient en aide. Cette femme héroïque n'a visiblement pas été informée de la *désastreuse* conséquence de ses actes, le *phénomène pernicieux*, autrement nommé « appel d'air » auquel elle expose ses concitoyens. Mon conférencier porte aux nues l'association en question. Il parraine. Je tiens fermement la longe de mon cheval de Troie.

Il faut que je me hâte d'agir, avant que la raison de mes manigances ne soit éteinte. J'ai beau entretenir la flamme avec persévérance et application, depuis que la grande m'a exposé sa théorie concernant l'origine de la malédiction, six jours au moins- je vois clairement que je m'épuise. J'ai des difficultés à me rappeler le visage du gars, alors que je viens de scruter sa photographie. Je ne me souviens plus de ce qu'il disait, au juste, pendant cette conférence. Je n'ai aucune prédisposition à la monomanie, on dirait.

« Cher Monsieur,

Particulièrement sensible à votre engagement dans les causes honorables que vous défendez, j'ai l'heur de disposer de quelques moyens, qui, je crois, trouveraient leur juste emploi dans les dites causes. Il se trouve en effet que ma regrettée grand-tante vient de s'éteindre, me laissant l'unique bénéficiaire d'un legs considérable, qui m'assure un revenu très au-delà des besoins matériels de mon foyer, besoins que je me flatte d'ailleurs de maintenir au plus modeste niveau, avec la tempérance qui sied à une personne seule. Bien que de nombreuses œuvres de bienfaisance méritantes puissent prétendre à une contribution de ma part, je suis assez indécise quant à celle qui devrait profiter de cette manne. Ma confiance vous est toute acquise et je vous serais absolument reconnaissante d'accepter de m'éclairer concernant ce choix délicat. J'ai pleinement conscience de l'incongruité, voire, de l'impertinence de ma démarche, eu égard à la disponibilité réduite que vous laissent vos multiples activités professionnelles et caritatives. Néanmoins je vous prie de croire que l'importance de la somme dont il est question justifie la présente sollicitation. Je vous propose, très humblement, de nous rencontrer dans le lieu qu'il vous plaira, je ne doute pas qu'un échange avec vous sur le sujet, aussi bref soit-il, me serait d'un grand soutien. Étant donné

les circonstances évoquées plus haut, je me permets de vous demander une discrétion totale sur le sujet.
Je vous prie de trouver ci-dessous mes coordonnées complètes, ainsi que mes disponibilités pour les deux semaines prochaines. Comme vous le savez, nous parlons ici d'enjeux d'une urgence totale, de vie ou de mort : vous le comprendrez aisément, je ne saurais attendre plus d'une quinzaine avant de fournir à ceux qui n'ont plus rien, l'opportunité d'un nouveau départ.
Soyez assuré, Monsieur, de ma très haute et fidèle considération. »

Je relis. Je trouve ça pas mal. Quasiment déstressant, mon petit texte. De quoi mettre le destinataire de bonne humeur. Je clique sur le bouton pour envoyer.

****

La nuit, la nuit enfin ! Qu'elle est belle encore à la clarté des étoiles, ma petite maison ! Les pierres sont comme les écailles d'un animal fantastique. À chacune des nuances de bleu qu'offre le jour candide, la nuit répond par des touches de gris subtil. On ne distingue plus les épines des cactus alentour, juste les hanches rebondies de leurs silhouettes, leurs petits bras dodus. Les lauriers roses sont des têtes ébouriffées, amusées de frôler le bord abrupt de la falaise. Au loin j'entends les cris aigus des naufrageurs, enivrés par la découverte d'un nouveau butin. Il me semble que le bruit des vagues prend la qualité solide d'un berceau, les cris lointains sont le sucre tiède d'une caresse, l'obscurité moins sèche comme une haleine parfumée m'embrasse gentiment sur le front.

Enfin ! De haute lutte j'ai gagné l'endroit auquel j'appartiens, je suis d'ici, où que ce soit et n'importe quand. Le temps qui passe a-t-il changé aussi ? Une heure ici, est-ce une heure là-bas ? Je sens confusément qu'ici la trame du temps s'altère, si jamais, si jamais, je pouvais vivre une ou deux vies ici, sur la falaise, pendant que là-bas ne s'écoulerait qu'une misère de secondes, alors j'aurais la certitude de toucher au bonheur absolu, j'ose à peine en formuler le vœu de crainte de demander trop, si ce souhait supplémentaire faisait s'écrouler l'édifice presque achevé ?
Je cherche des formes amicales dans le dessin des étoiles. J'observe les mouvements furtifs d'une gerboise au pied d'un arbrisseau. Je veux profiter de ces heures, il n'est pas question de prétendre au sommeil en ce lieu, c'est ailleurs que je dors, ici la nuit sera blanche, aussi grise, sable, violette au loin, au coin du ciel.
Hélas, ma veille s'interrompt, comme le matin sonne ailleurs.

****

Pour ne pas oublier l'histoire et les efforts, dès que j'ai dix minutes, je répète soigneusement le scénario de la rencontre qui ne saurait tarder. Bonjour, oui c'est bien moi. Merci, c'est très flatteur ! Vous pensiez avoir affaire à quelqu'un de plus âgé ? Mais pourquoi donc ? Entrez je vous en prie. C'est un tel plaisir de vous voir… ça ? Un tournesol. Merci, oui, je peins un peu, mais enfin, sans prétention aucune, c'est tout à fait un loisir. De plus en extérieur, il y a des contraintes techniques, c'est assez compliqué. Mais entrez, entrez, avec cette température, on est mieux à l'intérieur. Je vous propose -un thé, un café ?- *Cette partie est à considérer comme une variable dépendante de l'heure de la rencontre.* Pas du tout, je prends la même chose. Non, la peinture, un loisir uniquement. L'écriture tient une grande place dans ma vie. Oui, j'imagine, vous-même, vous écrivez, n'est-ce pas… un orateur de votre talent… vous êtes à même de comprendre… non, de la poésie. Parce que tout y est. Tout, tout le monde, de toutes les façons… Le cinéma, oui, peut-être, vous avez raison. Mais enfin, le cinéma, toutes ces contraintes ! Des contraintes vulgaires, des contraintes économiques… Regardez, mon cahier, mon stylo, là, tout de suite… Avec plaisir ! Cela ne vous ennuie pas ? Ah ? Vous également ? J'ignorais, mais cela me semble tellement correspondre à la sensibilité que vous avez exprimée par ailleurs, je ne suis pas étonnée. Oui, vous avez tellement de projets, quelle énergie ! Bien évidemment, on ne peut qu'apporter son soutien. Bien… voyons… les dernières pages ne sont que des brouillons… attendez… celui-ci est quasiment achevé…

Connais-tu le sort
qui me tient, fébrile ? La nuit, l'à-coup
de la chaîne invisible
tendue entre nous
t'accable-t-il ?
Mes rêves quand je dors,
te font-ils éveiller ?

Mais
Sans s'arrêter,
avant de gagner l'obscur de ses forêts,

- la sagesse au front, sur le poing un faucon-
Sans ouïr la triste chanson,
-la futaie est son château, son jardin est un bateau-
...passe le Roi Vagabond.

S'ensuivent, illumination puis extase de mon hôte, qui comprend qu'il n'y a de plus enviable destin que de servir ma puissance créatrice, et, par extension, mon humble personne, si toutefois je devais le souhaiter ainsi. Pluie de confettis. Irruption de licornes hennissantes, de lutins peluncheux trop mignons, un X-wing qui se pose en vrombissant ce serait pas mal aussi, mais ça ne tient pas dans le salon ; également une danseuse étoile très belle sous un arc en ciel, une fontaine de chocolat, un dragon qui parle, disons : apparition de toutes les sortes de merveilles que le carnaval de la rédemption et du bonheur éternel peut produire.
Si j'ai le temps de prolonger ma rêverie, je pousse l'anticipation jusqu'au lendemain de la rencontre, histoire de recevoir le coup de fil d'un éditeur prestigieux qui s'excuse d'avoir mis tellement de temps à me contacter, qui hurle de joie en apprenant que, non, je n'ai pas encore cédé mon œuvre à une autre maison, quand je lui certifie, oui, mon inspiration est plus vive que jamais -clin d'œil complice vers ma muse qui arbore un sourire irrésistible. Comme vous le constatez, la maîtrise du plan est totale.

J'attends.

Les oignons revenus dans un peu de beurre, j'ajoute l'ail, je remplis d'eau la marmite. Je n'ai pas fini d'éplucher les carottes, mais le temps que l'eau chauffe, ce sera fait. Sauf que la sonnette de la porte d'entrée retentit à cet instant précis. Le facteur est déjà passé. Les enfants ont leurs clefs. J'en suis certaine, c'est lui. Mon cœur ne bat pas la chamade, mais ce n'est qu'un détail, c'est pour après probablement.
Je me hâte pour ouvrir, et mon sourire disparaît instantanément.
Un jeune type, en costume, avec un sac à dos, des piercings sur ses oreilles décollées.
« Bonjour madame ! Je m'appelle Matthieu, je fais partie de l'association Nous Tous.
— L'association Nous Tous ?
— Oui, nous travaillons avec monsieur xxx, qui parraine l'association, et son secrétariat nous a transmis vos coordonnées.
— J'ai effectivement contacté monsieur xxx... Mais j'aurais souhaité pouvoir échanger avec lui, justement... pour qu'il me conseille... sur un don...

— Je comprends, mais je peux vous certifier que je ne serais pas ici si son secrétariat ne nous avait pas contactés. Vous pouvez considérer que nous avons sa bénédiction ! Il parraine l'association, je vous l'ai dit ? Je serais ravi de vous présenter nos actions et de répondre à vos questions. Je suis désolé de ne pas avoir pris rendez-vous, mais nous passons très rarement dans ce coin du département, et j'ai eu l'opportunité de venir vous voir cet après-midi parce qu'un de mes rendez-vous a été annulé… alors je tente ma chance ! Pas facile de vous trouver, hein, ça fait une trotte depuis le centre du village ! Enfin, vous n'êtes pas dérangée par les voisins ! Je peux entrer ?

— Attendez, un instant, je vous prie. »

Je vais lentement chercher la marmite dans la cuisine. J'ouvre à nouveau la porte. Pendant une seconde j'espère que ce dernier quart d'heure n'ait été qu'une illusion, une farce, mais non, l'homme est encore là. Je pose la marmite sur le seuil, saisis le couvercle de fonte. À peine ses yeux se sont-ils arrondis d'étonnement, je balance le couvercle de toutes mes forces, en visant l'une de ses oreilles ridicules. Il s'affale mollement devant le seuil de la porte. Évidemment, le coup n'a pas suffi à le tuer. Je rapproche la marmite, tire sur le col de la veste, plonge la tête ballottante dans l'eau tiède. Pour cette étape-là, la patience est primordiale. Rien de plus embarrassant qu'un homme aux trois quarts noyé. À cause des bruits. Des râles d'agonie tout clapotant. Je ne pense pas être particulièrement impressionnable, mais ces sortes de gémissements pleins de glouglous avant que le cœur ne se décide à lâcher, c'est franchement désagréable. On pense gagner deux minutes, en fait pas du tout, il va falloir abréger autrement, alors que cinq minutes d'attente supplémentaire, et c'était bon.

Je m'efforce de ne pas penser à la rencontre que j'avais imaginée, au happy end, à la muse magique puis au succès après, amis romantiques me voilà... maintenir cette tête dans l'eau m'aide, il faut penser aux choses concrètes que je vais devoir faire dans les heures qui viennent au lieu de pleurer encore sur des chimères, réfléchir et m'organiser un minimum plutôt que m'apitoyer sur mon sort, après tout c'est pas toi qui es en train de mourir d'asphyxie avec des rondelles d'oignon accrochées aux oreilles, alors reprends-toi un peu.

Je sors sa tête de l'eau. Je vide le reste du bouillon dans l'herbe et vais mettre la marmite dans le lave-vaisselle. Je me dépêche, surtout, éviter que le corps reste trop longtemps sans surveillance. Je le déplace jusqu'au plat herbeux devant le rez-de-jardin de la maison, pour qu'il soit absolument soustrait au regard d'un hypothétique visiteur. Il faut lui faire descendre l'escalier de pierre qui longe la maison. Je tire sur les pieds. À chaque marche, la tête saute, retombe, parfois avec un bruit, cela dépend de la pierre en dessous, certaines sonnent creux. Heureusement qu'il est mort, ce serait un vrai supplice. Une fois qu'il est disposé là où je le souhaite -enfin, le souhaiter, c'est un peu fort, j'aurais préféré ne pas avoir à subir ça chez moi, mes enfants vivent ici, quand même- je retourne à l'intérieur, mettre en marche le lave-vaisselle, prendre des allume-feu et des sacs poubelle.

Dans le barbecue tout rouillé, j'ai démarré un feu avec du petit bois. J'ai mis les chaussures dans un sac poubelle, une fois déposées près d'un containeur de recyclage, elles feront le bonheur d'un démuni. Le reste s'incinère très commodément. Chaussettes, costume, chemise... même le sac à dos, que j'ai juste ouvert pour vérifier qu'il ne contenait rien qu'il fût dangereux de brûler. Jusqu'à présent, tout est facile. On dirait que tout ce que je fais n'est pas si nul, finalement. Je regarde les derniers lambeaux de tissu disparaître, quand une série de sons incongrus me fait sursauter. Une série de petits « Ah ! » ininterrompue, à peine modulée.

Je me retourne pour voir la grande : les yeux écarquillés, fixant le cadavre en slip, les mains jointes devant la bouche comme pour empêcher les petits cris d'effroi de sortir, en vain. Je dois l'avouer, sa réaction a quelque chose de cocasse, surtout cette espèce de sirène d'alerte assourdie qu'elle produit, mais la gravité de la situation ne me permet pas de profiter davantage de cette loufoquerie. Je me précipite vers elle et la serre dans mes bras, je lui caresse les cheveux en murmurant des paroles de réconfort, c'est fini, ça va aller, ne t'inquiète pas chérie…. Au bout d'un quart d'heure, elle sanglote encore nerveusement, mais elle peut parler. Je lui dis d'aller se reposer dans sa chambre avant que son frère ne rentre du collège et d'enfermer le chien à l'intérieur, elle acquiesce.

J'ai fait des morceaux très petits, aussi petits que possible. La scie à onglet va vite et bien jusqu'à dix centimètres de diamètre, quinze centimètres ça devient chaud, au-dessus c'est simplement impossible, je me suis débrouillée avec la scie à métaux. Le seul problème c'est la tête, quoi que l'on fasse, ça ressemble toujours à une tête. Plus ou moins.

Quand tout a été rangé dans les sacs poubelle, j'ai nettoyé la scie à onglet avec le décapant pour le four, soigneusement rincé et arrosé l'herbe avec le tuyau d'arrosage. Normalement il ne devrait pas tarder à pleuvoir, ça tombe bien.

Lapin est rentré du collège. Après les devoirs, nous avons dîné à deux, la grande ne se sentait pas très bien. Elle est restée dans sa chambre.

Une fois mon fils couché, je mets dans la voiture le canoë gonflable, les sacs, et je prends la direction des lacs. C'est maintenant que c'est risqué. Je prie intérieurement.
Je me gare suffisamment loin de ma destination, pour ne pas attirer l'attention. Je ferai plusieurs allers retours, tant pis, un peu d'exercice ne me fera pas de mal. Je remonte le sentier empierré, chargée comme une mule.
Je gonfle le canoë avec la pompe à pied. Sur l'embarcation il est marqué, soixante-dix kilos max, une personne, impression d'une silhouette de bonhomme tout seul. J'y dépose le premier sac lesté.
Je pagaie, doucement, sous les étoiles, sur l'eau magnifique et paisible.
Doux silence, au milieu du lac,
Ponctuation : plouf du sac.
Je retourne à la rive. Retourne à la voiture chercher le deuxième sac. Même chose. Encore une fois. Encore une fois. Encore une fois.
Quand tout a disparu, je suis assise sur la plage de cailloux, je suis épuisée, mes chaussures sont trempées, mon dos me fait souffrir, mais enfin, c'est fait. Celui-là m'aura donné du fil à retordre. Je rentre sur la pointe des pieds, je range le canoë dégonflé dans le garage. Je résiste à la tentation de me coucher, la tête me tourne, je fais une lessive avec mes vêtements et mes chaussures, je prends une douche, déjà la nuit a pris ses couleurs grises annonciatrices de l'aube.

L'odeur du café. Ma fille est assise dans la cuisine. Elle est très pâle. C'est vrai qu'elle a jeûné hier soir. Elle me regarde. Je prends sa petite main dans la mienne.

« C'est fini, ma grande.

— Qu'est-ce qui s'est passé ?

— C'était un accident. Je suis responsable, malheureusement. Mais je ne veux pas risquer de vous perdre à cause d'un accident. Ne t'inquiète pas, tout est réglé.

— J'ai cru que c'était un mannequin, au début. Comme dans les magasins. Si tu m'avais dit que c'était un mannequin... » Je comprends, mais j'ai préféré lui avouer. Pas question de répliquer l'erreur originelle, pas question de léguer à ma fille ma malédiction. J'ai juste menti un peu pour ne pas la traumatiser.

« Tu crois que tu peux oublier tout ça ?

— Non.

— Tu crois que tu peux n'en parler jamais, à personne ?

— Oui.

— Tu peux emmener ton frère au collège ce matin ?

— Oui.

— ...ça va aller ?

— Oui... Maman ?

— Oui ?

—Tu ne devrais plus écrire de poésie, je crois.

— C'est promis, ma chérie. »

Plus tard, sur le bord du chemin, j'ai fait signe de la main, pendant que le scooter s'éloignait, emportant mes deux amours vers leur journée d'étude.

Je suis retournée m'installer à la table de la salle à manger, avec mon PC et ma troisième tasse de déca. Je me suis concentrée pour faire remonter les souvenirs, parce que j'ai une mauvaise mémoire - presque un mécanisme d'auto-défense, qui efface en quelques secondes les choses moches du monde. Plus de poèmes, promis.

Comme je n'avais pas encore de titre, j'ai tapé sur le clavier :

roman.